RPM
3000

RPM3000 4

가프 장편소설

초판 1쇄 찍은 날 § 2017년 7월 24일
초판 1쇄 펴낸 날 § 2017년 7월 31일

지은이 § 가프
펴낸이 § 서경석

편집책임 § 이선근
편집 § 김슬기

펴낸곳 § 도서출판 청어람
등록번호 § 제387-1999-000006호
등록일자 § 1999. 5. 31
어람번호 § 제1-2736호

주소 § 경기도 부천시 부일로 483번길 40 서경B/D 3F (우) 14640
전화 § 032-656-4452 팩스 § 032-656-4453
http://www.chungeoram.com
E-mail § chungeorambook@daum.net

ISBN 979-11-04-91401-0 04810
ISBN 979-11-04-91342-6 (세트)

FUSION FANTASTIC STORY

RPM
3000

4

가프 장편소설

도서출판
청어
람

Contents

1. 영원한 건 없다 II

"황!"

숙소에 돌아오기 무섭게 헤밍톤이 운비를 불렀다.

"예, 코치님."

"따라와. 윌리 윤도……."

헤밍톤은 묵묵하게 앞서 걸었다. 그의 표정은 좋지 않았다. 오늘 부진에 대해 질책을 하려는 걸까? 그렇다면 마땅히 감내해야 할 일이었다.

"……!"

복도에 들어선 운비의 걸음이 멈췄다. 사무실이 아니고

팀 닥터의 진료실이었다.

"뭐 해?"

헤밍톤이 문 앞에서 재촉했다. 안으로 들어가니 두 사람이 보였다. 스즈키와 팀 닥터 미첼이었다.

"하이."

미첼이 먼저 손을 들어보였다.

"하이……."

운비도 마주 손을 들었다.

"여기 왜 왔는지 알겠지?"

창 쪽 벽에 기댄 헤밍톤이 물었다.

"저는 잘……."

"그럼 윌리 윤이 대신 말해봐."

화살이 윌리 윤에게로 향했다.

"무슨 말을……."

"아아, 별일 아니야. 내 생각에는 분명 황의 몸에 문제가 있는 거 같아서 코치님께 말씀드렸어. 신인 때는 너무 긴장하는 통에 아픈 것도 모르고 지나갈 때가 있거든. 아닌가? 황?"

스즈키가 나섰다.

"몸은……."

"문제 있지?"

"실은 몸살이 조금……."

"저렇다니까요."

스크키가 무릎을 쳤다.

"미첼, 부탁해요."

헤밍톤이 미첼을 바라보았다. 운비는 바로 진료실로 끌려 들어 갔다. 진단은 오래 걸리지 않았다.

"몸살인데 가볍지는 않군요. 근육통과 두통, 그리고 열… 투구를 하기에는 무리였어요."

미첼의 진단은 명쾌했다.

"허어!"

헤밍톤이 한숨을 쉬었다. 투수 관리는 헤밍톤이 최종 책임을 지는 것. 환자인 줄도 모르고 마운드에 올렸으니 어이가 없는 일이었다.

"황, 자네 제정신인가? 오늘만 날이야? 그리고 윌리 윤, 자네는 뭐 하는 사람이야? 자네도 알고 있었지?"

헤밍톤의 질책이 둘에게로 날아왔다.

"윌리 윤은 몰랐습니다. 제가 곧 괜찮아질 걸로 생각하고 아무에게도 말하지 않았거든요."

책임은 운비가 짊어졌다. 사실도 그랬다.

"젠장, 당장 스니커를 만나야겠군."

"코치님."

지켜보던 스즈키가 벌떡 일어섰다. 이런 경우라면 운비에게 마이너스가 될 일이었다.

"왜? 투수 고과 때문에 그러는 거야? 오늘 황의 투구가 실망스럽다고 했으니 로스터 순위가 저 뒤로 밀릴 거라고. 짐 싸고 싶어?"

"코치님……."

"오늘은 처음이니 평가표에서 감안해 주고 다음 투구로 결정하자고 해봐야지. 하지만 다음에 또 이런 일이 있으면 나도 못 도와줘."

헤밍톤은 한숨을 남기고 진료실에서 나갔다.

"휴우!"

스즈키의 입에서도 비슷한 숨이 나왔다.

"고맙습니다."

운비가 감사를 전했다.

"고마울 거 없어. 나도 코치님하고 같은 생각이야. 아픈 몸을 감추고 제 멋대로 마운드에 올라가는 거, 다시는 안 돼. 알았어?"

"예……."

"어쩐지 황이 아닌 것 같더라니……."

스즈키도 머리를 저으며 진료실을 나갔다.

"운비야……."

윌리 윤이 운비를 바라보았다.

"미안해. 형."

"아니… 내가 미안하지. 몸은 괜찮냐?"

"뭐 그럭저럭……."

"그 몸으로도 그런 공을 던진 거야?"

"무슨 공? 2점이나 줬잖아?"

"그거야 다음에 만회하면 되지. 아무튼 다행이다. 헤밍톤이 네 편인 거 같아서……."

윌리 윤이 운비 등을 밀었다. 그때 미첼의 손이 운비의 팔을 잡았다.

"이거!"

그녀가 내민 건 약이었다.

"먹고 자. 개운하게 일어날 수 있을 거야."

"고맙습니다."

"다음부터는 미리미리. 황이 탈나면 나도 곤란해지거든."

"예, 닥터!"

운비는 흔쾌히 대답하고 진료실을 나왔다.

그 밤은 정신없이 지나갔다. 약을 먹고 누운 운비, 눈을 떴을 때는 이미 아침이었다.

기운은 없지만 머리는 가뜬했다. 미첼이 명의인 모양이었다.

꿈도 꾸었다. 푸른 링과 붉은 링의 세상이었다.

운비는 그것들을 야구공 삼아 던졌다. 하나를 던지면 그만큼 근육 에너지가 늘어났다. 결국 운비는 에너지 덩어리가 되었다.

그대로 빅 리그의 모든 구장을 휩쓸고 다녔다. 어떤 강타자도 운비 앞에서는 추풍낙엽일 뿐이었다. 던지면 스트라이크, 날아가면 삼진이었다. 그 뜨끈함을 안고 잠에서 깼다. 기분 좋은 꿈이었다.

"운비야, 감독님 호출."

문을 열고 들어선 윌리 윤의 첫마디는 그것이었다.

"나?"

"응."

"짐 싸라는 건가?"

운비가 웃었다. 농담이지만, 농담은 아니었다. 방(?)을 뺀 마이너 친구들과 초청 선수들이 한둘이 아니었다. 아직 결정되지 않은 액티브 로스터. 아니다 싶은 선수들은 칼처럼 쳐내고 있었다.

"겨우 한 번 실수한 것뿐이었어."

윌리 윤이 위로를 날렸다.

"미국 대표팀과는 번외니까 한 번 잘하고 한 번 죽 쑨 거지."

"야, 황운비."

"그냥 그렇다는 얘기야. 가요."

운비가 먼저 일어섰다. 좋은 얘기든 나쁜 얘기든 피할 수 없다. 그렇다면 즐겁게 받아들이는 편이 나았다.

"앉아."

감독실의 스니커가 의자를 가리켰다. 그는 책상에 선 채 노트북을 보고 있었다.

옆에는 자료가 산더미처럼 쌓여 있었다. 신문 기사도 많았다. 미리 와 있던 헤밍톤이 자기 옆자리를 가리켰다. 둘은 이미 상의가 끝난 눈치였다.

"몸살이 난 채 마운드에 올랐다고?"

스니커가 물었다. 그의 시선은 노트북 위에 있었다.

"예……."

"왜 그랬나?"

"괜찮을 거로 생각했습니다."

"그래서 2점 헌납?"

"다음에는 잘하겠습니다."

"다음?"

스니커가 파뜩 시선을 들었다. 그 눈빛에 반응한 건 윌리 윤이었다. 반응이 전격적이니 불안해진 것이다.

"그다음 기회를 주는 사람이 누군가?"

스니커가 운비에게 다가왔다.

"감독님……."

"그 감독을 속인 사람이 누군가?"

"저……."

"자네라면 그런 친구에게 기회를 주겠나?"

"……."

"헤밍톤은 주라더군. 자기가 감독이 아니니까 할 수 있는 말이야."

"……."

"메이저 리그에서 1승이 돈으로 환산하면 얼마인지 아나?"

"예?"

"아무리 낮게 잡아도 60만 불, 비싸게 잡으면 300만 불 이상."

"……."

"투수의 몸살에 300만 불을 감내할 구단이나 단장은 없네."

"……."

"6일!"

"예?"

"그 정도면 컨디션 회복이 되겠냐고 묻고 있는 거야."

"감독님."

"메츠전으로 잡아놓지. 그때까지 컨디션 회복이 안 되거나 또 우리는 속일 생각이거든 가방 꾸려놓게. 트리플 A나 더블 A에서 시작하는 것도 나쁘지 않아."

"기왕이면 빅 리그가 좋지요. 반드시 컨디션 회복해서 제대로 투구해 보이겠습니다."

"그러길 바라네. 스칼렛에게 설명하는 것도 내겐 큰 스트레스니까."

스니커의 통보가 끝났다. 헤밍톤은 고개를 끄덕이는 것으로 지지를 보여주었다.

엿새 후의 메츠전.

운비의 갈림길이 될 등판이 결정되었다.

＊　　　　＊　　　　＊

메츠.

브레이브스와 같은 지구에 속해 있다. 지난해에는 와일드카드 결정전에도 나갔다.

모르는 사람은 모르지만 사실, 메츠와 브레이브스는 라이벌이다. 지난해, 메츠는 승률 5할을 넘기면서 지구 2등을 먹었다. 브레이브스는 4할 턱걸이로 꼴등을 마크했다.

하지만!

상대 전적만 보면 믿을 수 없는 결과가 나온다.

바로 브레이브스가 10승 9패로 메츠에게 빅 엿을 먹여주었다는 사실.

이 빅엿의 절정이 9월에 펼쳐진 3연전이었다. 이때 메츠는 피 말리는 와일드카드 경쟁을 하고 있었다.

1위를 달리는 팀과는 2경기, 그 다음 팀과는 불과 1경기 차이였다. 메츠로서는 당연히 꼴찌에서 벌벌 기는 브레이브스에게 스윕을 기대하고 있었다. 하지만 결과는 정반대로 나왔다.

특히 마지막 3차전이 압권이었다. 9회 말 2사에 주자 만루. 타석의 에릭 세스페데스가 홈런을 쳤다.

그건 분명 만루홈런이었다. 메츠 팬들이 물결처럼 일어섰다. 하지만 그 자리에 브레이브스의 희망 인시아테가 있었다. 인시아테는 신들린 수비로 홈런성 타구를 잡아내 버렸다.

Black out.

메츠 팬들 머리에서 전기가 나간 날이었다.

메츠와 브레이브스의 질긴 인연은 그게 처음이 아니었다. 20여 년 전으로 돌아가면 또 하나의 악몽이 나온다. 당시 10여 년 만에 포스트 시즌에 진출한 메츠. 디비전시리즈에서 다이아몬드백스를 격파하고 챔피언쉽시리즈에 올랐다. 그 밥상을 사뿐히 엎어준 것 또한 브레이브스였다.

그렇다고 현재 브레이브스의 전력이 메츠와 동급이라는 건 아니었다. 그건 2017년 전망으로도 알 수 있었다. 올 시즌 전문가들이 예상하는 포스트 시즌 진출 팀은 지난해와 대동소이했다.

내셔널리그에서는 내셔널스와 컵스, 다저스와 자이언츠가 꼽혔다. 여기에 메츠도 이름을 넣었다. 하지만 브레이브스는 어디에도 언급되지 않았다.

브레이브스가 속한 동부 지구의 양강은 '당연히' 내셔널스와 메츠였다. 내셔널스는 FA로 나온 포수 재키 위터스를 잡았다. 선발진 또한 막강하다.

메츠 또한 선발 마운드에서 높은 점수를 받았다. 토마스 신더가드와 크리스 디그롬, 스티븐 하비 등이 광속 패스트볼을 뿌리는 까닭이었다.

외야 또한 빅 리그의 어느 팀 못지않게 두툼했다. 윌리엄 세스페데스와 제이 그랜더슨, 미겔 브루스의 철통 라인이 그것.

다만 내야 수비가 '구멍'이었다. 특히 1루와 3루 수비는 메츠의 평균 점수를 홀랑 까먹는 블랙홀로도 불렸다.

그렇다고 해도 전체적으로 브레이브스가 열세. 그러나 라이벌이라는 관점에서 보면 우세했다. 우세의 근거는 지난 시즌 전적이 증거였다. 어쨌든 10승 9패였다.

올 시즌 강자로 주목받지는 못하지만 리빌딩의 완성으로 분위기를 일신한 브레이브스.

포스트 시즌으로 가려면 당연히 넘어야 하는 양대 산맥 내셔널스와 메츠. 두 팀 중의 하나인 메츠와의 대전이야말로 양키스보다 중요한 일전이 될 일이었다.

필리스전 이후 팀 사정은 좋지 않았다. 이후의 시범 경기에서 내리 3연패를 당했다. 승패가 중요하지 않은 시범 경기라지만 그건 구두선에 불과했다. 게임이란, 무조건 이겨야 좋은 것이다.

그러다 반짝 햇살이 비쳤다. 필리스와의 재대결에서 또다시 승을 챙긴 것. 그 분위기는 오래가지 못했다. 다음 날 벌어진 양키스와의 대전에서 난타전 끝에 7 대 6으로 무릎을 꿇고 말았다. 대세를 이어가는 건 이렇게 힘든 일이었다.

가라앉느냐.

다시 뜨느냐.

운비의 어깨에 그 사명이 걸렸다. 팀의 분위기도 그랬고 운비 자신의 거취 또한 그랬다.

"헤이, 황!"

연습장 앞에서 플라워스가 손짓을 했다. 가볍게 러닝을

하던 운비가 돌아보았다. 플라워스 옆에는 낯선 포수가 서 있었다.

'마이너에서 긴급 공수?'

운비는 그렇게 생각했지만 상상은 사뿐하게 빗나갔다.

"새로 온 불펜 포수야. 이름은 알렉스 레오. 자이언츠에서 날아왔지."

"반가워. 난 레오."

검은빛의 레오가 손을 내밀었다. 딱 보는 순간 세형이 떠올랐다. 미소가 그 정도로 순박해 보였다.

"황운비입니다."

운비가 그 손을 잡았다.

"앞으로 연습하고 몸 푸는 거 돕게 될 거야. 둘이 잘해보라고."

플라워스는 운비의 어깨를 두드려 주고 멀어졌다.

"커터가 일품이라고?"

레오가 물었다. 느리고 또렷한 영어였다. 영어에 능통하지 않은 운비를 배려하는 것이다.

윌리 윤은 나서지 않았다. 눈치를 보아하니 서로 통할 '수준'의 영어로 본 것이다.

"일품이 되기를 희망하고 있죠."

"몸살이 나아서 피칭 시작한다니 한번 받아볼 수 있을까?

나도 여기 왔으니 밥값을 해야 해서······."

"좋죠."

운비가 공을 집어 들었다.

"아, 잠깐······."

레오가 공을 가로챘다. 그는 공을 살피더니 손질을 하기 시작했다. 운비가 던질 공 20여 개를 다 그렇게 했다.

"공이 거칠어서 말이야. 자칫하면 손가락에 흠이 생길 수 있거든."

부드럽게 매만지고서야 레오는, 공 하나를 운비 손에 건네주었다. 아까보다 촉감이 좋아진 공이었다.

"······."

세형이 생각이 났다. 언젠가의 결승전, 녀석은 공을 제 손으로 잘 쓰다듬은 후에야 운비에게 건네주었다. 따뜻한 손길이 남은 공은 정성, 그 자체였다.

추억 때문일까? 작은 행동이지만 감동이 밀려왔다. 미국에 온 후로 이런 포수는 처음이었다.

일단 캐치볼부터 했다. 비거리는 조금씩 늘렸다. 레오가 그랬다.

운비의 어깨 상태를 감안하며 한 발씩 물러서 준 것이다. 처음이지만 그가 던져주는 공은 받기가 편했다. 그 자신이 아니라 투수를 고려하는 공이었다.

"시작할까요?"

어깨가 더워지자 운비가 말했다.

"아직… 10구만 더."

레오가 웃었다. 처음이니 그 말을 따라주었다.

"오케이, 이제 시작하자고."

팡팡!

레오가 미트를 쳤다. 그의 미트 소리는 굉장히 크고 맑았다. 투수의 기분을 업시키는 효과가 있었다.

"근육을 푸는 기분으로 천천히."

그가 미트를 들었다.

팡!

초구를 꽂았다.

"아직… 천천히, 천천히……."

팡!

2구를 꽂았다.

"오케이. 이제 커터 가자고."

레오의 자세가 바뀌었다. 진짜 시합 같은 진지함이었다. 던져라. 투아웃에 만루야. 어떤 공을 던지든 다 잡아줄게. 그의 몸은 그렇게 말하고 있었다.

"왜?"

공을 기다리던 레오가 물었다.

"아뇨, 갑니다."

운비는 취한 마음을 풀었다. 와인드업을 한 운비가 공을 뿌렸다.

전력투구는 아니었지만 커터의 움직임은 좋았다.

"오, 역시… 하나 더."

팡!

커터가 잇달아 들어갔다.

"굳, 내가 받아본 커트 중에서 초상위권이야."

레오가 엄지를 들어 보였다. 이빨을 드러낸 그의 모습은 담백함 그 자체였다.

"고맙습니다."

인사를 하고 첫 대면을 마쳤다.

"인상 좋은데? 태도도 겸손하고……."

구경하던 윌리 윤도 좋은 평가를 내렸다.

"그렇죠?"

"하긴 메간은 좀 싸가지였지. 그러니 잘린 거겠지만."

"잘렸어요?"

"코치들이 그러던데? 늘 불평불만이 가득해서 좀 성실한 사람으로 골랐다고."

"그랬군요."

운비가 고개를 끄덕였다. 그래서 그랬을까? 싸가지 짓을 골라가며 하던 그가 침묵하던 기억이 떠올랐다. 그때 이미 그는 방출 통보를 받은 모양이었다.

"하지만 구단이 그런 말할 자격 있나? 연봉은 꼴랑 4, 5만 달러에 온갖 궂은일 다 부려먹고… 불펜 포수의 꿈도 빅 리거인데 구단에서는 소모품 취급으로 아예 안중에도 없고……."

"하지만 투수에게는 소중한 분들이죠."

"너나 그렇지. 빅 리그 물 좀 먹으신 투수님들은 그렇지도 않아. 같이 시합에 나갈 것도 아니거든."

"……."

운비는 침묵했다.

불펜 포수.

그들도 구단 멤버다. 같은 유니폼을 입는다. 연습 배팅도 함께한다. 심지어는 개인 라커룸도 할당받는다. 다만 팀 로스터에 등록되지 않을 뿐이다.

브레이브스에는 불펜 포수가 2명 있다. 많은 빅 리그 팀들이 그렇다.

레드삭스나 내셔널스 등의 소수 팀만이 불펜 포수를 따로 두지 않을 정도다.

중요한 일전을 앞두고 바뀐 불펜 포수와의 산뜻한 만남. 거기에 더불어 다른 코리안 출신 선수들의 활약도 들려왔다. 특히 박방호와 류연진이 그랬다.

연일 맹타를 휘두르는 박방호.

슬슬 전성기의 구위를 찾아가는 류연진.

ㅡ그렇다면 나도.

괜히 고무가 되었다.

지난번 컨디션 악화로 코칭스태프들의 신임에서 살짝 밀린 운비. 미국 대표전과 양키스전에서 쌓은 이미지가 와르르 내려앉았다. 그사이에도 토모와 블레어는 앞서거니 뒷서거니 호투를 했다. 특히 토모가 그랬다. 덕분에 운비가 등판하고 이틀 후로 잡힌 양키스전에도 선발로 내정이 된 모양이었다.

25인 로스터.

코칭스태프들이 원하는 건 기복 없이 안정적인 투구. 들쭉날쭉하는 투수라면 25인 로스터에 들어갈 수 없었다.

메츠와의 결과에 따라서는 정말 마이너로 갈 수도 있는 일…….

여기서 윌리 윤이 미묘한 소식을 전해왔다.

"그거 들었어?"

"뭐요?"

"토모 말이야. 그 친구도 메츠전에 등판한대."

"예?"

"너랑 나란히 등판한다고. 무슨 뜻인지 몰라?"

"……."

모를 리 없다. 운비와 토모. 미묘한 경쟁 관계가 되고 있었다.

물론 1, 2, 3선발을 제외하면 모두가 경쟁이기는 했다. 그럼에도 불구하고 운비와 토모는 조금 달랐다. 그 분위기는 토모가 연출했다.

운비가 미국 대표전과 양키스전에 잇달아 출전하며 호투하자 긴장한 토모, 운비를 비교의 대상으로 삼아 자신의 가치를 강조한 모양이었다.

"걱정 돼?"

운비가 웃었다.

"야, 아직까지는 네가 밀려."

"형, 나는 원래 바닥부터 시작하는 스타일이야. 토모는 이미 빅 리거였잖아?"

"그 자식 하는 꼴이 같잖아서 그러지."

"형은 그거 모르는구나?"

"뭘?"

"피처는 다른 피처와 경쟁하는 게 아니라 자기 자신과 경쟁하는 거."

"……!"

"걱정 마. 이번에는 내 공을 보여줄 테니까."

운비의 담담한 미소. 윌리 윤은 그 미소에 압도되고 말았다.

이럴 때의 운비는 마치 산전수전 다 겪은 베테랑 빅 리거 같았기 때문이다.

"너 진짜 멘탈 갑이다."

"땡큐."

운비가 웃었다.

"운비야!"

시합을 앞두고 한국의 가족들과 화상 전화를 했다. 화면에 윤서가 나왔다.

"어때?"

윤서가 에스 라인 포즈를 취했다.

"누나!"

"왜?"

"남자 필요하면 소개해 줘? 연봉 높은 선수들 많다."

"내 몸매 물어본 거 아니거든."

"그럼?"

"이 음악 어떠냐고? 엄마랑 아빠랑 같이 고른 건데……."

"음악?"

"사실 너 배구 상비군 될 때 내가 알려준 건데 다 잊어먹은 거 같아서. 메이저에서는 선수 등장 음악 쓴다면서?"

"그렇지."

"엄마 아빠는 이런 거 미리 정하면 김샐 수 있다는데 그게 언젯적 얘기니? 미리미리 준비하면 좋지. 안 그래?"

"그렇지."

"들어봐."

화면이 컴퓨터 화면을 가리켰다. 음악은 거기서 나오고 있었다. 귀에 쏙 꽂혀왔다. 마치 enter sandman처럼.

"좋은데?"

"그렇지?"

다시 윤서가 화면에 나왔다.

"누구 노래야?"

"Right said fred의 〈stand up〉. 가사도 죽여줘."

"그렇네?"

팝송 가사 정도는 동시통역(?)이 가능한 운비였다. 내용은 대충 이랬다.

일어나 챔피언이 되려면.

계속해, 챔피언을 위해.

이제 거의 다 왔어.

넘어지면 네 힘으로 다시 일어나.

"고마워."

"엄마 아빠랑 통화해. 내일 잘 던지고."

윤서가 화면에서 빠졌다. 그 자리는 방규리가 차지했다. 황금석은 아버지답게 몇 마디 당부를 남겼을 뿐이다. 몇 마디지만 울림이 깊은 말이었다.

"걱정 마세요. 전부 삼진으로 쓸어버릴 테니까요."

거침없이 선언했다.

몸은 가뜬했다. 더구나 며칠 동안 절치부심한 마음. 그 벼린 칼날을 안고 결전을 기다렸다.

*   *   *

뻥!

미트질 소리가 좋았다.

뻥!

막힌 곳을 확 뚫어내는 미트질이었다.

메츠전이 벌어지는 구장.

운비는 불펜 피칭을 하고 있었다. 공은 레오가 받았다. 재키 피터슨이 있지만 운비가 레오를 택했다. 그는 첫날부터 편안했다. 오늘도 그랬다. 커터와 패스트 볼의 비율도 그의 말에 따랐다. 미세한 차이지만 어깨가 풀리는 느낌이 달랐다.

"가봐. 오늘의 챔피언."

불펜 피칭을 마치자 레오가 웃었다. 운비의 등장 음악으로 삼으려는 곡을 아는 유일한 사람이었다. 한두 번 듣다가 그에게 걸린 운비였다. 그는 비웃지 않았다. 같이 들어주고는 참 좋은 곡이라고 인정해 주기도 했다.

시합 개시 20분 전.

더그아웃에서 이어폰을 꼈다. 노래가 나왔다. 윤서가 알려준 그 노래였다.

Right said fred의 stand up.

so sand up, for the champions.
for the champions stand up⋯⋯.
일어나 챔피언이 되려면.
계속해, 챔피언을 위해.

가슴이 조금씩 더워졌다.

메츠의 선수들을 떠올렸다. 운비의 뇌리에는 배터리 미팅에서 들은 선수들이 하나하나 스쳐갔다.

메츠는 세 가지 자랑이 있었다.

―막강 선발진.

─막강 불펜진.

─막강 외야진.

타자 중에는 올 시즌 리드오프 물망에 오른 제이 그랜더슨과 윌리엄 세스페데스가 요주의 인물이다. 거기에 더해 토미 워커와 안소니 카브레라도 만만치 않다. 2017년을 부활의 해로 노리는 아놀드 콘포르토와 캘빈 듀다 역시 경계 대상이었다.

'하긴……'

메츠의 뎁스 차트를 머리에서 지웠다. 마이너에서 온 선수도 있고 초청 선수도 있다지만 다들 빅 리거를 노리는 사람들. 누구라도 만만할 리가 없었다. 그나마 그랜더슨은 나오지 않았다.

메츠 역시 신인과 유망주들을 여럿 차트에 올렸다. 실은, 그들이 오히려 더 무서운 존재였다.

운비도 그렇지만 그들은 이 몇 게임에서 자신의 모든 것을 보여줘야 했다. 시범 경기… 주전들에게는 컨디션 조절 차원이지만 다른 선수들에게는 내일이 없는 게임이기도 했다.

투수는 크리스 윌러가 나왔다. 메츠의 파이어볼러 5인방 완성에 마지막 축으로 불리는 윌러. 재작년 토미존 수술을 하고 2년간 재활에만 매달렸다.

메츠라면 7, 8선발도 다른 팀 5선발보다 낫다고도 불리는 팀. 그렇다면 경기 감각에 더해 구위 점검차 나왔을 가능성이 컸다.

유망주 중에는 랭킹 1위를 달리는 로사리오가 눈에 들어왔다. 로사리오는 브레이브스의 스완슨 급에 버금가는 선수였다.

'반가워.'

뎁스 차트 위에 놓인 그의 이름에 눈인사를 하고 일어섰다. 같은 유망주로서의 예의였다. 그리고… 마침내 운비가 등판할 시간이 다가왔다.

〈메츠 스타팅 멤버〉

1번 타자: 윌머 라가레스(CF)

2번 타자: 후안 세치니(2B)

3번 타자: 네일 플로러스(3B)

4번 타자: 아놀드 콘포르토(RF)

5번 타자: 윌리엄 세스페데스(LF)

6번 타자: 데몬 로사리오(SS)

7번 타자: 그렉 아론소(1B)

8번 타자: 캘빈 니도(C)

9번 타자: 리얀 마찌리(DH)

선발투수: 크리스 윌러

〈브레이브스 스타팅 멤버〉

1번 타자: 리베라(RF)

2번 타자: 스완슨(SS)

3번 타자: 가르시아(3B)

4번 타자: 켐프(LF)

5번 타자: 루이즈(DH)

6번 타자: 존슨(CF)

7번 타자: 아르나드(1B)

8번 타자: 알비에스(2B)

9번 타자: 플라워스(C)

선발투수: 황운비

1번으로 나올 줄 알았던 그랜더슨은 스타팅에서 빠졌다.

브레이브스의 스타팅 멤버도 전 게임과 달리 살짝 변동
이 있었다. 그래도 리베라는 굳건히 리드오프를 차지하고
있었다. 하긴 시범 경기에서 그는 존재감을 100% 과시하고
있었다.

두 게임 정도 무안타에 시달렸지만 거기서도 볼 넷 세 개
를 골랐다. 나아가 수비만으로도 그는 한몫을 하고 있었다.

그랬기에 전문가들 역시 리베라가 우익수 브루스의 자리를 위협하고 있다고 생각하고 있었다. 마지막으로 포수는 플라워스가 맡았다. 누구든 상관없지만, 그래도 로커가 아닌 것은 반가웠다.

2. 메츠를 넘다

주심의 플레이볼 사인이 나왔다. 운비는 들고 있던 로진 백을 내려놓았다.

"Go Go 황!"

외야에서 리베라가 힘을 실어주었다. 알비에스와 스완슨도 동참했다.

'땡큐!'

냉철한 미소로 공을 쥐었다.

'커터!'

1회 초.

플라워스의 첫 선택은 커터였다. 매직 존은 오늘도 확장판으로 불타고 있었다.

매직 존의 업그레이드.

그렇다면 나도 업되어야지.

각오를 담은 운비의 초구가 산뜻하게 날아갔다. 공은 라가레스의 무릎 쪽을 제대로 파고들었다.

빽!

공은 큰 소리와 함께 스트라이크존에 꽂혔다. 하지만 주심은 콜을 외면했다.

'조금 높게.'

플라워스가 미트를 들어 올렸다. 2구는 커터가 날아갔다. 방망이를 조율한 라가레스의 배트가 돌았다.

짝!

공은 파울이 되었다.

'좋았어.'

궤적을 확인한 플라워스의 표정이 만족스럽게 변했다.

'하나 더.'

포수의 미트가 살짝 옆으로 나갔다. 라가레스의 콜드 존이었다. 포수들은 얼마나 공부를 하는 걸까? 모든 타자의 장단점을 파악하는 건 쉬운 일이 아니건만, 그들은 죄다 꿰고 있었다.

라가레스는 메츠의 리드오프 붙박이가 아니다. 그들의 리드오프로는 제임스 레이예스가 첫손에 꼽히고 있었다. 제이 그랜더슨도 경합 중이다. 그러나, 아직은 모든 게 예정이었다. 개막전까지는 많은 시간이 남았다. 경쟁자들이 부상을 당하거나 컨디션이 나쁘면 라가레스도 개막전 1번을 칠 수 있었다.

　운비의 마음은 그랬다. 그가 1번이다. 지금 시즌 개막전에서 그를 맞이하는 것이다. 그 각오로 3구를 뿌렸다.

　스트라이크.

　운비의 눈에는 그랬다. 타자의 무릎 높이에서 공 반 개 낮은 위치였다. 하지만 주심은 또 콜을 하지 않았다.

　'젠장, 낮은 공에 짠 놈이네.'

　플라워스의 미간이 좁아졌다.

　'하나 높이자.'

　별수 없이 미트의 기준이 올라갔다. 오늘 심판은 낮은 공에 짠 사람이었다. 존은 심판 마음이니 빨리 그의 취향에 맞추는 게 좋았다. 4구는 포심이 날아갔다. 무릎 위를 노렸지만 공이 조금 높았다.

　짝!

　타격음과 함께 공이 굴러갔다. 타구는 3루수 앞이었다. 무브먼트가 좋은 공. 그렇기에 정타는 아니었다. 가르시아가 경쾌한 발놀림으로 잡아 1루에 공을 던졌다.

원아웃!

운비가 숨을 돌렸다. 심판과 타자, 둘을 상대한 기분이었다. 하지만 이 또한 게임의 일부. 빨리 적응하는 수밖에 없었다.

타석에 후안 세치니가 들어섰다. 초구는 포심으로 먹여주었다. 가운데로 살짝 접근하는 공이었다. 주심의 성향이 그러니 별 수 없었다. 타자의 배트가 돌았지만 공을 건드리지 못했다. 운비의 볼 끝이 살아 있는 덕분이었다.

'좋아. 심판 의식하지 말고 자신 있게 가자. 커터!'

플라워스의 미트가 박력 있게 움직였다. 커터 비율을 높인다는 건 공이 좋다는 뜻. 운비는 포수의 리드에 따랐다.

짝!

소리와 함께 배트가 깨졌다. 공은 2루수 앞으로 굴러갔다. 투아웃이 되었다.

3번은 플로러스가 들어섰다. 메츠에서 3루를 보는 선수. 그는 지난해 구멍난 3루를 제법 막아준 선수였다. 이 다음은 콘포르토가 나올 차례. 작년에 주춤거렸다지만 4번 앞에서의 출루는 이로울 게 없었다. 더구나 그다음 타자는 세스 페데스였다.

'기분 좀 바꿔볼까? 체인지업 하나 부탁해.'

플라워스의 사인이 건너왔다.

'좋죠.'

1, 2번에게 연짱 패스트 볼을 먹였다. 그렇다면 그 볼을 노리고 나올 수 있었다. 투구는 수 싸움이니 허를 찌르는 게 좋았다. 3번 타자를 맞은 운비의 초구는 벌컨 체인지업이었다.

스윙!

풀스윙이 나왔다. 초구를 무조건 노리고 나온 모양이었다. 낮은 곳에 떨어졌지만 타자가 속았다.

'오케이, 이제 커터 찬스야.'

플라워스의 미트가 살짝 바깥쪽으로 치우쳤다. 그곳 역시 푸른빛이 출렁거리는 콜드 존이었다.

짝!

플로러스의 방망이가 돌았다. 하지만 그가 짐작한 궤적과 다른 공. 배트가 부러지며 공이 운비를 스쳐갔다. 투수가 못 막으면 중전 안타. 대개는 그렇지만 스완슨이 거기 있었다. 2루에 붙었던 그가 다이빙 캐치로 공을 잡은 것. 벌떡 일어선 송구가 플로러스의 1루 안착을 막았다. 삼자범퇴. 주심의 깐깐한 스트라이크 판정을 극복한 출발이었다.

1회 말.

크리스 윌러가 마운드에 섰다. 파이어볼러로 불리는 강속구 투수답게 패스트 볼이 빨랐다. 리베라는 볼카운트 2—2까지 가며 끈질기게 버텼다. 5구로 들어온 공에 반응하지 못한 것은 리베라의 실수였다. 휘어지는 포심에 당황한 것. 스트라이크존을 살짝 통과해 버렸다. 하지만 운이 좋았다. 주심의 콜이 나오지 않았다.

'후우.'

리베라가 가슴을 쓸어내렸다. 볼카운트 3—2에서 들어온 공 역시 패스트 볼. 하지만 살짝 조금 들어오며 볼넷이 되었다. 타자에게는 행운, 투수에게는 불운인 타석이었다.

노아웃에 1루.

출발 치고는 나쁘지 않았다.

다음 타자 스완슨 역시 서두르지 않았다. 월러의 영점이 잡히지 않은 걸 안 것이다. 볼 두 개 다음에 들어온 몸 쪽 포심. 스완슨의 배트가 제대로 돌았다.

짝!

타구는 쭉 뻗어갔다. 세스페데스가 전진했지만 잡지 못했다. 노아웃에 1, 2루. 브레이브스가 선취득점의 기회를 잡았다.

'끙.'

월러는 흔들리고 있었다. 2015년에 수술을 받은 그. 재활기간이 길었다. 그렇기에 실전 감각이 떨어졌다. 그의 광속 미사

일은 스트라이크존을 공 한두 개씩 벗어났다. 하지만 3번으로 들어선 가르시아가 그를 도왔다. 볼카운트 3-1에서 높은 공을 노려 중견수 플라이가 된 것.

1, 2루 주자는 뛰지 못했다. 4번 타자 켐프의 타격은 시원하게 뻗어나갔다. 하지만 마지막에 힘을 잃었다. 아쉽게도 우익수 깊은 플라이로 물러났다. 리베라가 태그 업으로 3루까지 뛰었지만 투아웃이 된 상황이었다.

타석에서 루이즈가 그라운드를 노려보았다. 어떻게든 안타를 날려 3루 주자를 불러들이고 싶은 마음. 그 바람을 담은 타구가 날아갔지만 코스가 좋지 않았다. 공은 콘포르토에게 잡히고 말았다.

"오 마이 갓!"

스탠드에서 탄식이 새어 나왔다. 노아웃 1, 2루, 투아웃 1, 3루의 찬스를 살리지 못한 브레이브스였다.

2회 초.

운비는 메츠의 4번 타자와 맞섰다. 타석이 꽉 차 보였다. 우익수로 나온 콘포르토도 함부로 볼 선수가 아니었다. 다만 지난해에 다소 부진했다. 하지만 2015년의 기량이 나온다면 어떤 투수의 공도 쳐낼 타자가 그였다.

더욱이 다음 타자는 메츠의 간판 윌리엄 세스페데스.

운비 뇌리에 리그를 대표하는 강타자의 말이 스쳐갔다.

"내가 MVP가 된 건 내 앞에 나오던 친구 덕분입니다. 그가 늘 투수에게 부담을 주었거든요. 그래서 나는 맥 빠진 투수와 수월하게 상대할 수 있었습니다."

이제야 그 말을 이해할 수 있었다. 다음에 나오는 강타자. 그 심리적 부담이 앞 타자에서부터 발현될 수밖에 없었다.

이 타자를 잡아야 한다.

바로 그것이었다.

초구부터 주심과 신경전이었다. 높은 공을 좋아하는 심판. 하지만 4, 5번 타자를 타석에 놓고 높은 공을 마음대로 꽂아댈 투수는 어디에도 없었다. 당연히 조금 낮은 공이 들어갔다. 첫 커터는 볼 판정이 나왔다. 이닝이 바뀌어도 심판의 기준은 변하지 않았다.

'투심 하나.'

미트가 수평으로 이동했다. 공을 뿌렸지만 그 역시 볼이 되었다. 분명 존 끝에 걸쳤는데 손이 올라가지 않는 것이다.

볼카운트 2—0.

운비가 불리해졌다. 투수판에서 발을 떼고 로진백을 집었다.

'외곽 포심.'

플라워스의 사인이 왔다. 난이도가 좀 되는 콜드 존이었다. 바깥쪽 가장 높은 곳의 외곽이었다. 의식하고 던지면 볼이 될 확률이 높은 곳. 자연스럽게 킥킹을 했다. 그리고, 그 자세대로 3구가 날아갔다.

빡!

스윙과 함께 미트 소리가 들렸다. 타자의 방망이가 혼자 춤을 춘 것이다. 볼카운트 2—1이 되면서 운비가 숨을 돌렸다.

'커터 한 방 먹이자고.'

플라워스가 모험을 걸었다. 몸 쪽으로 높은 존이었다. 실투가 되면 큰 걸 맞을 공산이 높았다. 하지만 낮은 존 전체를 버리고 나니 별 수 없는 선택이었다.

4구째 커터가 날아갔다. 콘포르토는 공을 주목하고 있었다. 어깨 근육에 탱글탱글한 신호를 보내던 그. 공이 홈 플레이트 앞까지 날아오자 궤적을 예측하며 방망이를 돌렸다.

짝!

"……!"

임팩트 순간, 타자의 눈가에 당혹감이 비쳤다. 예측보다 공 하나 더 안으로 휘어진 공. 그 공이 배트 아래에 맞으며 허무한 방향으로 날아갔다. 배트는 깨지고 투수 앞 땅볼이 된 것이다. 타자는 방망이를 내던지고 1루로 달렸다. 운비는 여유 있게 타자를 잡았다.

원아웃.

아웃 카운트보다 볼카운트 싸움을 끝냈다는 점이 마음을 편하게 했다. 3—1이 되었다면 난감했을 일이었다.

그리고… 마침내 타석에 세스페데스가 섰다. 메츠 타선의 핵심이다. 어느 정도냐 하면 그가 출전하면 메츠의 승률이 확 높아질 정도였다. 한마디로 메츠 타선의 리더였다.

초구는 바깥쪽으로 꽉 차는 포심이 들어갔다.

"볼!"

주심의 입에서 김이 새었다. 플라워스와 운비도 함께 김이 샜다. 분명 스트라이크였다. 아쉽지만 잊어버렸다. 오늘의 존은 어제와 다른 것이다. 두 번째 커터도 약간 낮았다. 그 또한 볼이 되었다.

'체인지업.'

플라워스가 기분 전환을 원했다. 조금 높게 날아가다 제대로 가라앉은 벌컨 체인지업. 하지만 그 공에도 주심의 액션은 나오지 않았다.

"……!"

플라워스는 포구한 자세로 움직이지 않았다.

이거도 볼이냐?

주심에 대한 무언의 항거였다. 그게 또 철퇴를 맞았다. 주심이 포수에게 경고를 날린 것이다. 그 광경을 본 브레이브스의 코칭스태프들이 일제히 반응을 했다. 하지만 주심은 현재 일관된 상태. 더그아웃에서 이의를 제기할 사안이 아니었다.

볼카운트 3—0.

"저 인간 지금 존이 자기 고추 발기 각도인가보다. 아니면 마누라가 이혼소송이라도 걸었든지."

마운드로 다가온 플라워스가 운비를 위로해 주었다.

"그럼 아예 발기불능으로 만들거나 소송에서 지기를 바래 야겠군요."

"그렇지?"

"예, 위자료에 양육비까지 왕창."

"아래쪽은 버리자."

플라워스는 마스크를 들고 홈으로 돌아갔다.

'커터!'

플라워스의 미트가 공 하나 더 높아졌다. 아래쪽 스트라이크존에서는 가장 상단이었다. 공을 쥐는 순간 세스페데스의 눈빛이 고스란히 보였다. 눈가에 잔뜩 들어간 힘. 이번 공을 노리고 있는 것이다.

부욱!

운비의 팔이 바람을 갈랐다. 공은 패스트 볼 궤적을 그리며 날아갔다.

부욱!

타자의 방망이도 비슷한 소리를 냈다.

짝!

공과 배트가 임팩트 지점에서 만났다. 공은 간발의 차를 두고 좌익수 앞에 떨어졌다. 힘으로 만들어낸 안타였다.

'나쁘지 않아.'

공을 넘겨받으며 운비가 웃었다. 제구에 신경 쓰느라 구속이 조금 낮게 나왔다. 게다가 아래쪽 스트라이크를 포기하고 붙었다. 그 두 조건이 아니라면, 다음번 대결에서는 이길 자신이 있었다.

원아웃 1루.

이제는 퀵 모션으로 6번을 맞을 차례였다.

'데몬 로사리오……'

유격수로 나온 타자다. 세스페데스가 오늘 메츠 타선의 리더라면 로사리오는 미래 타선의 리더. 메츠의 유망주 중에서도 최고로 꼽히는 선수였으니 호락호락하지는 않았다.

'견제구 하나.'

플라워스의 오더가 날아왔다. 도루 때문이 아니라 운비의 완급 조절을 위한 주문이었다. 1루에 공을 하나 던져보고 홈을 바라보았다.

로사리오의 핫 존은 괜찮았다. 의욕 때문인지 존에 걸친 공에 대한 안타 생산도 양호했다. 하지만 분포도가 높은 걸 보니 아직 자기만의 핫 존을 확실하게 정하지는 않은 타자. 말하자면 그도 한 게임, 한 게임을 통해 발전해 가는 중이었다.

'가슴 쪽 높게.'

플라워스가 초구를 부탁했다.

부욱!

타자의 방망이가 헛돌았다. 운비 공의 무브먼트가 좋은 까닭이었다. 로사리오의 눈빛이 경직되는 게 보였다.

공 좋은데?

그런 표정이었다.

2구는 커터가 날아갔다. 타자가 받아쳤다. 그 공이 문제가 되었다. 2루수가 처리할 공이었지만 판단이 늦었다. 커버를 위해 뛰어온 우익수 리베라, 알비에스가 방향을 잃고 주춤거리자 글러브를 내밀었다. 알비에스도 그제야 팔을 뻗었다. 공은 알비에스의 글러브 끝을 맞으며 그라운드에 떨어졌다. 그냥 두었으면 리베라가 처리했을 일, 결국 에러가 되었다. 그사이에 콘포르토가 3루까지 뛰었다.

"와아아!"

메츠 쪽 스탠드에서 함성이 일었다.

원아웃 1, 3루.

첫 위기 상황이 찾아왔다.

"괜찮아, 괜찮아!"

자책하는 알비에스에게 손을 들어보였다. 원아웃이었다. 1, 3루라면 다양한 수비 시프트 가동도 가능하다. 주자가 없는 것보다 훨씬 쫄깃한 승부를 즐길 수 있다. 운비 생각은 그랬다.

타석에 7번 그렉 아론소가 들어섰다. 그 또한 메츠의 미래로 꼽히는 유망주. 시범 경기에서 타격감을 뽐내는 선수 중의 하나였다. 타율이 무려 0.5에 OPS는 믿기지 않게도 1.867…….

'인 코스로 승부한다.'

플라워스가 미트를 치며 주의를 상기시켰다. 초구는 패스트 볼로 날렸다. 타자 가슴팍으로 파고 든 공은 153㎞/h를 찍었다. 그래도 주심의 콜은 나오지 않았다.

'땡큐.'

차라리 인사를 해버렸다. 부글거리는 것보다는 나았다.

'하나 안쪽으로 커터.'

미트가 살짝 움직였다. 그 표적을 따라 세트포지션. 운비의 커터가 날아갔다.

"스뚜악!"

아론소는 움직이지 않았지만 주심의 입은 열렸다.

'이 자식 반응하지 않네? 하나 더 꽂아봐.'

'그러죠.'

사인을 주고받은 운비, 1루를 노려보고 공을 뿌렸다.

짝!

아론소의 배트가 벼락처럼 돌았다. 커터를 노리고 있었던 것이다. 임팩트가 좋았는지 공은 제대로 맞았다. 그렇기에 운비의 미간이 확 구겨졌다. 공은 리베라 쪽으로 뻗어갔다. 하지만 내야 쪽으로 부는 바람 덕분에 더 뻗지는 못했다.

'리베라……'

운비는 그의 보폭을 보고 있었다. 한 발만 더 맞으면 잡을 것도 같았다. 그리고… 과연 운비의 희망은 적중했다. 폭주하던 탄력으로 공을 잡은 리베라. 그 탄력 그대로 홈을 향해 송구했다. 홈에는 세스페데스가 들어오고 있었다. 우익수 깊은 플라이. 누가 봐도 안전한 태그 업이었다. 하지만 그 희망은 곧 긴장으로 변했다. 공이 단숨에 포수 미트까지 날아온 것. 포구를 한 플라워스가 날렵하게 어깨를 틀었다.

"아웃!"

주심의 콜이 다이나믹하게 나왔다. 야박하던 스트라이크 콜과는 달리 시원한 콜이었다. 리베라… 그의 강철 송구가 또 한 점을 세이브하는 순간이었다.

"와아아!"

이번에는 브레이브스 팬들이 환호했다.

"땡큐, 리베라."

운비가 손을 들어보였다.

"뭐 그런 걸 가지고."

리베라는 쑥스러운 듯 모자를 고쳐썼다.

2회 말, 켐프부터 시작한 브레이브스의 타선은 무기력했다. 위기 뒤의 찬스라는 말도 소용이 없었다. 존슨의 타구가 외야 깊은 곳에서 잡혔다는 것이 팀의 위안이었다.

3회, 운비는 8, 9번을 땅볼로 잡아냈다. 하지만 1번 라가레스에게 다시 볼넷을 허용하고 말았다. 카운트 3—2에서 스트라이크존으로 들어간 공은 여전히 주심의 외면을 받았다.

그래도 마무리가 좋았다. 뒤를 이어 나온 세치니를 맞아 삼진을 솎아낸 운비였다. 2—2에서 던진 벌컨 체인지업이 제대로 먹혔다. 세치니의 배트가 저 홀로 다운 스윙을 하는 것으로 이닝이 마감되었다.

4회 초, 운비가 마운드로 나설 때 헤밍톤이 찡긋 윙크를 해왔다.

이번 이닝이 마지막이 될 거라는 암시였다. 문득 불펜을 보았다. 거기서 몸을 푸는 토모가 보였다. 어깨에서 열기가 느껴졌다. 그는 이미 예열을 마친 상태였다.

'지지 않아.'

운비는 눈빛을 가다듬고 마운드로 나섰다. 4회··· 클린업 트리오··· 메츠의 3인방을 만나야 했다. 플로러스와 콘포르토, 그리고 세스페데스······.

긴장이 독이었을까?

플로러스에게 던진 2구 포심이 방망이 중심에 맞았다. 손가락이 살짝 밀리며 한가운데로 쏠린 덕분이었다. 역시 존 때문이었다. 좁아진 낮은 존에 걸치려다 보니 실투가 된 것이다.

공은 중견수를 오버했다. 존슨의 펜스 플레이도 아쉬웠다. 공의 각을 잘못 잡는 통에 타자가 3루까지 내달았다. 공이 중계되었지만 플로러스의 발이 베이스를 밟은 후였다. 무려 3루타였다.

'후우.'

노아웃에 3루. 운비 머리에 불이 번쩍 들어왔다. 다음에 나올 타자는 전 타석에서 아쉽게 아웃을 당하긴 했지만 그래도 4번을 달고 있는 콘포르토였다. 바로 헤밍톤이 마운드로 올라왔다. 포수와 내야수들도 모여들었다.

"주심 머리에 포심 한 방 꽂고 갈까?"

헤밍톤이 웃었다. 주심의 존이 불만스럽기는 그도 다르지 않았다.

"머리보다 똥배가 더 좋을 거 같은데요?"

운비가 응수했다.

"공 어때?"

헤밍톤이 플라워스를 바라보았다.

"다른 건 다 좋습니다. 주심만 빼고."

"그럼 승부해봐. 겁 날 거 없잖아?"

"그렇군요."

"BFP… 거기서 놀고 먹은 거 아니지? 근성 한번 보여주자고."

헤밍톤은 그 말을 남기고 그라운드를 나갔다.

'그럼요. 놀고 먹다뇨? 조빽이 친 걸요?'

로진백을 집어든 운비가 혼자 웃었다. 제구를 잡기 위해, 최적의 궤적을 위해, 거기서 흘린 땀은 강물이 되었다. 그걸 생각하니 심장이 뛰었다.

왜 그렇게 간절했단 말인가? 그 이유는 여기였다. 저 타석의 타자들. 그들을 요리하기 위해 던지고 또 던졌던 운비…….

'편안하게…….'

한번 붙어보자.

헤밍톤… 그가 콘포르토와 세스페데스를 모를 리 없다.

하지만 거르라는 말을 하지 않았다. 운비도 마음을 고쳐먹었다. 주심이 외면하는 존 위의 공 하나. 그 아슬아슬한 경계를 노리다 보니 전력투구하기가 곤란했다. 그걸 버리기로 했다.

어차피 이 이닝이 끝나면 토모에게 넘겨줘야 할 마운드. 아쉬움이나 미련을 남기고 싶지 않았다.

4번 타자 콘포르토.

눈빛을 보며 그립을 잡았다. 이제는… 코너워크가 아니라 볼 끝이었다. 볼록 튀어나온 손 끝에 실밥이 제대로 걸렸다. 촉감과 습도까지 다 좋았다.

초구…….

'포심!'

운비가 사인을 보냈다. 야구부로 컴백하면서 주구장창 던졌던 포심. BFP 프로그램에서는 눈을 감고도 던졌던 포심. 그거라면 최고의 구질을 날릴 자신이 있었다. 타자가 그걸 쳐낸다면, 그 밖의 다른 공은 대안이 될 수 없었다.

"와아앗!"

초구가 날아갔다.

쾅!

소리와 함께 플라워스의 어깨가 움찔 흔들렸다. 타자의 눈빛도 출렁거렸다. 이전의 포구와 다른 소리였다. 미트질이 좋았던 게 아니라 공의 위력이 그랬다.

"스뚜악!"

주심은 잠시 더듬다가 주먹을 쥐었다.

'2구는?'

'포심.'

운비의 대답은 같았다. 같은 공이지만 다른 공. 운비는 그걸 알고 있었다. 실밥을 살짝 어긋나게 잡은 손이 글러브 안에서 꿈틀거렸다. 그리고… 2구가 날아갔다.

짝!

배트가 돌았지만 볼 끝에 밀렸다. 1루수가 공을 따라 파울 지역으로 뛰었다. 무릎으로 브레이크를 밟으며 글러브를 내미는 아르나드. 공은 살포시 글러브 안으로 들어갔다. 3루 주자가 잠시 모션을 취했지만 홈으로 뛰지는 않았다. 그러기에는 위험도가 높은 거리였다.

원아웃!

생각할 겨를도 없이 세스페데스를 만났다. 후우, 호흡을 골랐다. 이제는 그저 본능이었다. 무의적으로도 꽂아대던 포심. 다시 그 그립을 잡고 미트를 향해 공을 뿌렸다.

펑!

한가운데서 공 하나 높게 꽂혔다.

"스뚜악!"

다시 주심의 주먹이 올라갔다. 이번 공은 손이 올라가지 않을 수 없는 코스였다.

'커터로 가자.'

세 개 연속 포심을 받아낸 플라워스가 미트를 옮겼다.

'좋죠.'

운비가 답했다.

2구는 가운데로 들어오다 휘는 커터였다. 세스페데스의 방망이가 돌았지만, 짝, 방망이가 갈라지며 파울이 되었다.

'오!'

플라워스의 입이 벌어졌다. 직전 타자들을 대하던 커터보다 좋았다.

'좋아, 지금처럼 던지라고.'

오른 다리에 힘을 준 플라워스, 한결 안정된 포구 자세로 운비를 믿어주었다.

볼카운트 투낫씽.

'승부합니다.'

운비가 사인을 보내자 플라워스의 눈썹이 삐쭉 솟구쳤다. 대다수의 투수는 0—2에서 승부하지 않는다. 여기서 버리는 공 하나를 던지는 이유가 있었다. 바로 다음 승부구에 도움이 되기 때문.

그런데 어린 운비가 3구에서 승부를 걸었다. 잠시 생각하던 플라워스, 미트를 치며 운비 말을 받아들였다. 지금 훨훨 타오르는 투수. 여기서 다른 말은 잡소리에 불과할 뿐이었다.

던져라!

플라워스의 미트가 중심을 잡았다. 초구 패스트 볼에 2구는 커터. 타자 입장에서는 당연히 체인지업을 예상할 차례였다. 하지만 운비의 위닝샷은 놀랍게도 커터였다.

부욱!

세스페데스의 방망이가 돌았다. 포심이면 치고, 커터면 걷어낼 요량. 세스페데스에게 그 정도의 능력은 있었다.

하지만 임팩트 순간, 타자의 눈빛에서 초점이 사라졌다.

공은 커터가 맞았다.

그러나 회전이 달랐다. 그렇기에 임팩트 또한 달라야 했다. 황급히 반응해 보지만 공은 이미 배트를 비껴간 후였다.

쾅!

공은 천둥소리를 내며 미트에 꽂혔다. 직전의 회전보다 900 가까이 올라간 공…….

"……!"

세스페데스는 스윙 자세로 잠시 정지했다. 그런 다음, 배트로 땅을 후려치고는 더그아웃으로 향했다. 플라워스가 운비를 향해 주먹을 쥐어보였다. 해일 두 개를 넘은 운비였다.

투아웃 3루.

타석에 로사리오가 들어섰다. 살짝 긴장이 풀리는 것을 느끼자 운비는 다시 긴장의 끈을 바짝 조였다. 투수에게는 투아웃이 무섭다. 여기서 잠깐 풀어지면 모든 게 수포로 돌아가는 일이 많았다.

'체인지업.'

플라워스의 리드도 괜찮았다. 패스트 볼로 윽박지른 운비였다. 로사리오 역시 그걸 염두에 둘 것이다. 하지만 그는 아직 신인. 그렇다면 패스트 볼보다는 변화구가 적합할 수 있었다.

부욱.

초구 체인지업에 방망이가 돌았다. 헛물을 켠 로사리오는 자신을 다그쳤다. 운비는 154㎞/h짜리 포심으로 응수해 주었다. 구속 차이 때문인지 배트가 나오지 않았다.

3구.

거기서 운비가 흥미로운 구종을 선택했다.

'커브?'

플라워스가 고개를 들었다.

'예.'

운비는 태연히 답했다.

'체인지업이 아니고?'

'커브요.'

한 번 더 확인하는 운비. 시범 경기 중에 커브를 던진 건 손에 꼽을 정도였다. 운비의 기억에도 두 번 아니면 세 번이 고작이었다.

'오케이, 어차피 카운트도 여유로우니까.'

플라워스가 포구 자세를 취했다. 3구로 커브가 날아갔다. 움찔하던 로사리오, 느닷없는 공이 들어오자 배트를 조율해 커트해 냈다. 공은 1루 쪽 파울볼이 되었다.

'좋아. 포심으로 뭉개 버리자고.'

'커터는요?'

'커터?'

'부탁합니다.'

'뭐 나쁘지 않지.'

포수의 응답이 돌아왔다. 가만히 3루를 돌아본 운비. 온몸을 뒤틀며 4구를 준비했다.

"와앗!"

운비의 4구가 손을 떠났다. 로사리오의 배트도 함께 돌았다.

뻑!

미트 소리가 그라운드를 울렸다. 로사리오의 표정은 보지 않았다. 헛스윙 삼진. 마운드를 내려오는 운비를 향해, 일부 관중들이 기립 박수를 보냈다. 노아웃 3루의 위기를 넘긴 신인이었다. 박수를 받기에 충분한 장면이었다.

짝짝짝!

박수 소리가 운비의 피로를 씻어가 주었다. 그 박수 중에는 스칼렛의 것도 있었다. 여느 날처럼 스탠드에서 손을 흔드는 그의 손에는 햄버거가 들려 있었다. 운비도 손을 들어 답례를 했다.

4이닝 무실점.

그러나 주심의 스트라이크존 때문에 어느 때보다 애를 먹은 날. 또 하나의 경험을 획득한 운비였다. 더그아웃에서도 운비, 코칭스태프의 표정은 살피지 않았다. 최선을 다한 날은 타인의 평가가 중요하지 않기 때문이었다.

4회 말.

막혔던 브레이브스의 타선이 작렬했다. 상대 투수는 교체로 들어온 로블레스였다. 선두 타자로 들어선 리베라가 슬라이더를 밀어쳐 우전 안타를 뽑아냈다. 스완슨의 타구는 3루수가 흘렸다. 선발투수와 막강 외야진에 비해 빈약한 3루와 1루 수비. 결국 그곳의 구멍이 뚫린 것이다.

노아웃 1, 2루.

분위기가 확 달아올랐지만 가르시아가 찬물을 끼얹었다.

슬라이더 대처가 늦어 유격수 땅볼을 친 것. 날렵하게 공을 잡은 로사리오가 더블플레이를 이끌어냈다. 메츠의 더그아웃은 끓어오르고 브레이브스 쪽에서는 탄식이 나왔다.

투아웃 3루.

4번 켐프가 친 타구가 외야 펜스까지 날아갔다. 하지만 수비는 세스페데스. 괜히 막강 외야로 불리는 게 아니라는 듯 껑충 점프하며 타구를 잡아냈다. 아웃 카운트가 하나만 적었어도 3루의 리베라가 홈을 팔 수 있었던 일. 타격감은 살아났지만 분루를 삼킨 브레이브스였다.

5회 초.

토모가 마운드를 밟았다. 운비보다는 작은 체구지만 투구는 역동적이었다. 토모는 보란 듯이 7번으로 나온 아론소를 삼진으로 솎았다. 포크처럼 툭 떨어지는 슬라이더가 통한 것이다. 8번 니도에게는 정타를 맞았지만 그것 또한 멀리 뻗지 못했다.

투아웃!

토모는 마찌리와 맞섰다. 그에게도 슬라이더가 먹혔다. 3구만에 내야 땅볼을 이끌어내며 이닝을 종결했다. 그는 운비처럼 스트라이크존에 애먹지 않았다. 운비를 보면서 주심의 취향을 간파한 덕도 있었고, 애당초 그의 공은 운비보다 약간 높은 궤적이기도 했다.

6회는 소강상태로 넘어갔다.

그리고 7회 초, 토모는 좌중간 2루타에 이어 볼넷을 내주었지만 실점은 하지 않았다. 그 7회 말, 마침내 길고 긴 0의 행렬이 깨졌다.

시작은 플라워스였다. 3번째로 들어온 투수 에딘에게 볼넷을 얻어 걸어나간 것. 다음으로 들어선 게 리베라였다. 앞선 타석에서 타격감을 조율한 리베라. 에딘의 4구를 받아쳐 우중간을 꿰뚫고 말았다. 플라워스가 홈을 밟았다. 시원한 2루타였다. 2루에서 포효하는 리베라의 모습은 보기가 좋았다.

스완슨 역시 짧은 안타를 쳤다. 2루의 리베라는 홈을 밟지 못했지만 노아웃에 1, 3루. 황금 같은 찬스에서 가르시아가 파울플라이로 물러났다. 추가 득점이 간절한 상황. 한 점으로 만족할 수 없는 찬스에서 4번 타자가 들어섰다. 켐프는 가운데로 몰린 패스트 볼을 때려 중전 안타를 만들어 냈다. 리베라가 들어오면서 2 대 0. 원아웃에 1, 2루 찬스는 계속되었다.

"루이즈, 루이즈!"

브레이브스 스탠드가 달아올랐다. 하지만 기세는 거기까지였다. 커터를 건드린 루이즈, 그 공이 2루수 글러브에 들어가면서 더블플레이를 연출하고 말았다.

8회 초, 토모에 이어 크롤이 마운드를 밟았다. 투아웃까지 잘나갔지만 지명타자 마찌리에게 기어이 한 방을 허용하고 말았다. 볼카운트 1—2에서 솔로 홈런을 맞은 것.

스코어 2 대 1.

9회가 되자 브레이브스의 마운드에 존슨이 올라왔다. 플로러스에게 단타를 맞았지만 콘포르토를 삼진, 세스페데스를 3루 땅볼로 잡아냈다. 브레이브스의 2 대 1 승리였다.

승리투수는 토모, 세이브는 존슨이 가져갔다.

"축하해."

게임이 끝나자 인사는 토모에게 쏟아졌다. 운비는 그다음이었다. 토모의 목에 부러질 듯 힘이 들어갔지만 운비도 축하를 아끼지 않았다. 경쟁은 마운드에서 족할 일이었다.

"어이, 토모!"

단장이 클럽하우스로 들어섰다.

"단장님!"

토모는 바로 겸손 모드에 돌입했다.

"수고했어. 오늘 슬라이더가 일품이더군. 메츠 놈들 우리 루키들 보고 간담이 서늘해졌을 거야."

"감사합니다."

"자자, 다들 수고했다고. 이 기세로 쭉 가자고."

단장은 특유의 너스레를 떨고는 클럽을 나갔다.

"저 다혈질 양반은 늘 저렇다니까. 그 승리의 시작이 어디서 비롯되었는지도 모르고 말이야."

플라워스가 다가와 운비를 위로해 주었다. 이게 바로 승운이라는 걸까? 그렇다면 토모는 승운이 따르는 투수였다.

"헤이!"

리베라가 운비에게 콜라를 던져주었다.

"마셔, 오늘 죽여줬다."

"너도."

"오늘 심판 더러웠지?"

"내가 못 따라간 거지."

"어우, 이 멘탈… 죽인다니까."

리베라는 늘 그랬듯이 제 머리를 운비 가슴팍에 들이박고 비벼댔다.

운비는 콜라를 마셨다.

동부 지구의 양강으로 꼽히는 메츠.

4이닝 무실점이면, 콜라 축배를 들 만하고도 남았다.

3. 빅 리거 황운비

시범 경기는 계속되었다. 3월 하순, 내셔널스와의 게임은 팽팽한 투수전으로 맞서다 막판 뒷심 부족으로 게임을 넘겨 주었다. 이 경기로 브레이브스는 다시 7연패의 늪에 빠졌다.

7연패.

숫자로 보면 심각했다.

"문제없어."

스니커 감독은 크게 개의치 않았다. 그걸 이유로 선수들을 닦아세우지도 않았다, 올 시즌 브레이브스의 감독으로 풀 시즌을 치러야 하는 스니커. 하지만 그는 색다른 신념을 가지고 있었다. 시범 경기에서 중요한 건 승패가 아니라 선수들이 골고루 그라운드에 나와야 한다는 게 그것이었다.

"전반적으로 신인들 수준이 크게 올라왔습니다. WBC로 인해 빠져나갔던 주전들도 돌아왔으니 손발을 맞추다 보면 조금씩 내실이 생길 수 있을 것으로 봅니다."

리사의 질문에 대한 스니커의 답이었다. 감독은 특히 유망주들의 활약에 고무되어 있었다. 리빌딩의 팀으로 불리는 브레이브스. 어떻게 보면 그게 재산이기도 했다.

게다가 WBC에서 돌아온 인시아테, 테헤란과 프리먼 등의 핵심 선수도 슬슬 몸이 풀리는 마당이었다. 다행히 주전들과 신인들의 큰 부상은 없는 상황. 감독은 그걸 더 중요시하고 있었다.

이때까지 시범 경기 승패만으로 보면 처참했다.

6승 18패 1무.

리그 꼴찌 승률이었다. 팀 방어율 역시 5점을 넘게 찍었는데 가방을 싼 투수들이 무더기 점수를 준 영향이 컸다. 팀 타율 역시 0.239로 리그 하위권, 장타율을 비롯하여 각종 지표들도 바닥에서 기는 수준이었다.

"하지만 내일 하루 쉬고 이어지는 7연전이 환상이지요. 홈경기가 다섯이고 한 경기만이 타이거즈 원정이거든요. 거긴 고작 1시간만 달리는 수고를 들이면 되지요."

스니커는 참담한 승률과는 달리 여유가 있었다.

"스완슨은 어떻게 되는 겁니까?"

리사의 질문이 시작되었다. 가벼운 부상을 입은 스완슨, 운비가 등판한 메츠전 이후로 출장을 하지 않고 있었다. 프리먼이 타격의 핵이라지만 스완슨 또한 기대를 한 몸에 받는 신인. 우려할 수밖에 없는 상황이었다.

"스완슨은 3월 말에 벌어지는 홈구장 시범 경기 양키스전부터 나올 겁니다. 그 역시 시즌을 치를 준비가 끝난 상태입니다. 다른 많은 선수들처럼요."

"25인 로스터 구상은 끝났습니까?"

마지막 질문은 뜨거운 감자였다.

"물론이죠. 여기 잘 들어 있습니다."

스니커는 지지 않고 받아쳤다. 주먹으로 자신의 심장을 가리킨 것이다.

"브레이브스의 BFP 시스템으로 육성한 황과 리베라가 빅 리거에 포함됩니까?"

운비와 리베라, 둘에게 관심이 많은 리사였기에 그 질문도 빠지지 않았다.

"기회는 공평하게 주어지고 결정도 공평하게 이루어질 것입니다. 가을까지 함께 가려면 최고로 준비된 선수들을 골라야 하니까요."

스니커는 노련하게 예봉을 피해갔다.

시즌 개막식은 4월 2일.

상당수 선수들에 대해서는 이미 선발 확정설이 흘러나오고 있었다.

테헤란과 인시아테, 스완슨 등을 말할 것도 없고 토모와 리베라도 확정적이라는 말이 나왔다. 하지만 운비에 대해서는 그 어떤 설도 나오지 않았다.

토모

ERA 2.38 IP 19.2 SO 12 WHIP 1.57 SO/9 5.44 BB/9 3.1 AVG 0.377

운비

ERA 2.59 IP 14.6 SO 15.6 WHIP 1.33 SO/9 10.2 BB/9 2.5 AVG 0.288

블레어

ERA 3.12 IP 18.4 SO 9.2 WHIP 1.66 SO/9 5.1 BB/9 3.6 AVG 0.352

실바

ERA 4.58 IP 22.6 SO 14.7 WHIP 1.72 SO/9 8.4 BB/9 5.6 AVG 0.302

투산

ERA 5.92 IP 14.7 SO 5.9 WHIP 1.80 SO/9 3.5 BB/9 4.2 AVG 0.402

이때까지의 신인급 투수들의 데이터였다. 누구 하나 압도적이진 않았다.

토모.

운비.

블레어.

셋은 앞서거니 뒷서거니 하며 인상적인 투구를 하고 있었다. 그러나 25인 로스터는 감독의 팀 운영 성격과 선수 조합과도 맞물리는 일. 최선을 다하고 코칭스태프의 선택에 맡기는 수밖에 없었다.

3월 26일, 운비는 메츠와의 2연전 이틀 차 경기에 투입되었다. 테헤란에 이어 두 번째 투수였다. 전날 경기에서는 토모가 콜론에 이어 등판했었다. 선발이 확정된 투수와의 조합. 스니커의 테스트가 종점에 이르렀다는 의미로 보였다.

운비는 2와 3분의 2이닝 동안 삼진 두 개를 솎아내고 한 점을 내주었다. 안타는 두 개를 맞았지만 그중 하나가 세스페데스에게 허용한 솔로 홈런이었다. 투아웃 이후, 커터의 브레이크가 살짝 밀리면서 좌중간 펜스를 아슬아슬하게 넘어가는 실투였다.

그것 외에는 안정적으로 공을 뿌렸다. 볼넷이 없는 것도 주목할 만했다.

이어 나온 투수는 블레어. 그는 2이닝을 2안타로 버티며 점수를 내주지 않았다. 원아웃 3루의 위기는 후속 타자 삼진으로 벗어났다. 안타성 타구를 걷어낸 인시아테와 리베라의 수비도 한몫을 했다.

승리는 메츠가 가져갔다. 후반에 리베라의 2루타에 이어 인시아테의 적시타가 터지며 한 점을 추격했지만 스코어는 4 대 2로 끝이 났다.

"황!"

게임이 끝나자 리베라가 달려왔다.

"잘했어."

운비는 엄지를 세워 보였다. 리베라는 오늘도 3타수 1안타에 볼넷 하나를 건졌다. 출루율도 덩달아 훌쩍 높아졌다.

"별말 없었어?"

"무슨?"

"그게……."

리베라는 잠시 더듬으며 말을 이었다.

"25인 로스터……."

"너 로스터 통보 왔구나?"

눈치를 챈 운비가 발딱 고개를 들었다.

"아까 경기 개시 전에 정식 통보를 받았어. 너는?"

"축하한다."

"너는?"

"나는 좀 기다리면 되지."

"아, 씨……."

리베라가 제 머리를 마구 긁었다.

"괜찮아. 먼저 가서 길 좀 닦아놔라. 내가 곧 쫓아갈 테니까."

"……."

"어이구, 좋으면서 표정 감추는 거 봐라. 금방 쫓아간다니까."

"그래. 아무튼 고마워. 열심히 하고 있을게."

"3할 알지?"

"오케이, 너도 곧 콜업될 거야."

리베라가 주먹을 내밀었다. 운비는 기꺼이 주먹을 마주쳐 주었다. 리베라의 The Show는 짐작하던 바였다. 시범 경기지만 0.338의 맹타를 휘두른 리베라. 처음에는 스완슨이 주목을 받았지만 이제는 리베라도 신인왕에 거론될 정도였다. 그러니 어떻게 25인 로스터에 빠질 수 있을까?

"저녁에 콜라 쏠게. 먹고 싶은 거 있으면 다 적어와라."

리베라는 후한 약속을 남기고 샤워장으로 들어갔다.

하지만 둘은 따로 만나지 못했다. 저녁에 테헤란의 주도로 간단한 맥주 모임이 열린 까닭이었다. 테헤란은 WBC에 참가하느라 시범 경기에 늦게 참가했다. 게다가 바로 경기에 나서느라 신인급 선수들과 어울릴 시간이 부족했던 것. 마침 25인 로스터가 흘러나오고 있는 상황.

시범 경기 내내 수고한 신인들과 언제든 헤어질 수도 있기에 자리를 마련한 모양이었다. 어떻게 보면 어수선한 분위기이기도 했지만 팀내 그의 비중이 있기에 스완슨을 비롯하여 알비에스, 리베라, 마이탄 등의 타자들까지도 동석하고 있었다.

저만치서 테헤란이 등장했다. 그때까지 선수들은 WBC에 대해 이야기를 나누고 있었다. 우승은 미국이 차지했다. 야구 종주국을 자랑하는 미국이지만 우승은 처음이었다.

결승 상대였던 푸에리토리코 선수들도 화제가 되었다. 그건 뜻밖에도 금발 염색약이었다. 그 팀의 정신적 지주인 카디널스의 포수가 금발 염색 단합을 제의했다. 푸에리토리코 선수들은 전체가 금발 염색을 하고 시합에 나섰다. 금메달에 대한 염원을 머리로 나타낸 것.

그러자 푸에리토리코 본국에도 난리가 났다. 국민들이 자발적으로 금발 염색에 동참한 것. 수도 산후안에서는 금발 염색약이 품귀 현상을 나타내기에 이르렀다. 야구가 국민을 하나로 만든 훈훈한 에피소드였다.

"토모는?"

맥주를 나눠주던 테헤란이 주위를 돌아보며 물었다.

"피곤하다고 못 온대."

대답은 블레어의 입에서 나왔다.

테헤란과 블레어는 한 살 차이. 하지만 죽이 제대로 맞아 운비와 리베라처럼 친구를 먹고 있었다.

"하는 수 없지."

테헤란은 별로 개의치 않았다.

"자자, 그럼 우리끼리 한잔 때려볼까?"

테헤란이 병을 들어보였다. 운비도 기꺼이 동참했다. 맥주를 그닥 즐겨 하지는 않지만 가볍게 마시는 자리까지 마다하지는 않았다.

"그나저나 황."

테헤란이 운비를 바라보았다.

"예."

"커터가 굉장하다지?"

"아닙니다."

"아니긴. 플라워스하고 스즈키의 칭찬이 대단하더라고. 제대로 긁히면 칠 수 있는 타자가 드물 거라고."

"문제는 제대로 긁히지 않는다는 거죠."

"하핫, 소문대로 성격 좋네. 마음에 들어."

"고맙습니다."

"뭐 나한테 고마울 건 없어. 지상 과제는 개막전 로스터에 들어야지. 여기 있는 사람들 모두 마찬가지지만."

"……."

테헤란은 웃었지만 투수들은 바로 심각 모드로 들어갔다.

"얼굴들 봐라. 그런 조바심으로는 빅 리거가 되기 힘들어. 배짱을 가지라고. 나 이런 선수야. 그래도 안 뽑아갈래 하고."

"옙!"

대답은 운비가 했다. 전적으로 공감하는 말이었다.

"자자, 다들 서로의 행운을 빌어주며 마시자고. 남은 경기에 최선을 다하고."

테헤란의 인사는 그것으로 끝났다. 25인 로스터는 그로서도 함부로 말하기 어려운 일. 그렇기에 개인적인 관심사로 대화의 화제를 돌렸다.

"이야, 다들 여기서 작당을 하고 있었군. 설마 내 욕하고 있었던 건 아니겠지?"

얼마나 지났을까? 느닷없이 헤밍톤이 등장을 했다. 청바지에 셔츠를 걸친 그는 운비 옆으로 다가와 엉덩이를 걸쳤다. 그가 등장하자 아직 25인 로스터 통보를 받지 못한 선수들 얼굴에 긴장의 빛이 서렸다. 혹시라도 그걸 통보하러 왔을까? 아니면 보따리 싸라는 비보를 전하려는 걸까?

"앉아도 되지?"

한발 늦게서야 운비에게 물어보는 헤밍톤.

"물론이죠."

"테헤란, 나도 마셔도 되나?"

"미안하지만 오늘은 선수들에게만 내는 거거든요."

"젠장, 한 병 얻어먹나 했더니……."

헤밍톤은 어깨를 으쓱하고는 맥주병을 받아들었다.

"웬일이세요? 맥주 생각이라면 다른 코치하고 어울렸을 텐데……."

테헤란이 물었다.

"나도 젊은 피들과 어울리면서 기 좀 받으려고 그런다. 왜?"

"흐음… 그렇다면 오늘 술값은 아무래도 코치님이?"

"그래. 낸다, 내. 내 카드로 결제해라."

"다들 들었지? 코치님께 박수!"

테헤란의 주도로 박수가 나왔다. 졸지에 덮어쓴 헤밍톤이 카드를 꺼내놓았다.

"돈까지 내주시는 걸 보니 뭔가 수상한데요? 혹시 가방 싸라는 통보하시려고?"

테헤란의 화법은 직설적이다. 하긴, 이들 분위기는 그랬다. 가방을 싸는 통보라고 해서 은밀하지 않았다. 미팅을 하다가도, 마이클, 마이너로 가야겠어 하면 그만이었다.

"그보다 내 체면 좀 세워달라고 아부 떨러 왔네만."

"아부라면 새 구장에서 열리는 시범 경기 말인가요?"

테헤란이 고개를 내밀었다.

"흐음, 자네도 빅 리그 짬밥 좀 먹어보더니 슬슬 눈치가 늘고 있군."

"역시 그것?"

"다들 알다시피 우리 구단이 리빌딩을 좀 세게 했잖아? 게다가 구장까지 새 구장으로 옮기게 되었으니 홈 팬들 앞에서 새 출발을 근사하게 해보자는 거지."

"제 몸이 덜 풀려서 콜론이나 딕키로 바꾸려는 겁니까?"

"새 구장에서의 첫 게임에 노장들은 어울리지 않아. 그래서 말인데……."

헤밍톤은 운비와 블레어, 프리드, 투산에 이어 카브레라까지 차근차근 훑어본 후에 말을 이었다.

"황과 블레어, 투산과 카브레라도 각오를 단단히 해줘야겠어. 우리 이렇게 리빌딩했으니 올해 많이 아껴주십시오, 하고."

등판 통보였다.

"……!"

운비가 먼저 고개를 들었다. 메츠전 이후로 스케줄을 알려주지 않던 코치진이었다. 그래서 남은 게임에는 등판하지 않는 것으로 알았던 운비…….

"그건 내 생각이고… 혹시 몸이 안 좋은 사람 있으면 자백하게나. 대안을 마련해야 하니까."

"던지겠습니다."

운비가 일착으로 입을 열었다.

"저도 물론."

블레어가 질 리 없었다.

"저는 완투를 하래도……."

투산의 투지도 활화산에 못지않았다.

"좋았어. 승패를 떠나서 각자의 기량을 다 보여주라고. 그게 중요해. 팬들이 우리 리빌딩에 대해 저절로 박수가 나오도록 말이야."

헤밍톤은 그 말을 끝으로 일어섰다.

"다른 말은 없습니까?"

테헤란이 물었다. 개막전 25인 로스터에 대한 궁금증. 신인들을 대표하는 질문이었다.

"카드는 줬지 않나?"

헤밍톤의 대답은 옆길로 새었다. 로스터에 드는 사람은

없는 모양이었다. 몇몇 투수들의 얼굴에 실망감이 흘러내렸다.

"아, 알겠습니다. 가시죠."

테헤란이 문을 가리켰다. 헤밍톤은 어깨를 으쓱해 보이고는 밖으로 나갔다.

"자자, 남은 거 비워내자고."

스완슨이 병을 들었다. 드러나지는 않지만 이미 어색해진 분위기. 이럴 때는 빨리 헤어지는 게 상책이었다. 짧은 미팅이 끝나자 하나둘 숙소로 돌아갔다. 남은 건 리베라와 운비 둘뿐이었다.

"황, 한 병 더?"

"콜라로."

"좋지. 그건 내가 쏜다."

"천만에, 내가 쏴야지. 너는 빅 리거가 되신 몸인데……."

"아… 진짜……."

"왜?"

"이해가 안 돼서. 토모는 로스터에 든 모양인데 너는 왜 아니냐고?"

"블레어도 아직 통보 못 받은 모양이야."

"지금 네 이야기 중이거든."

"토모가 나보다 경기 운영 능력이 뛰어나잖아."

"그 말 진심?"

"응."

"단지 그 이유로?"

"두 갈래로 찢어지는 슬라이더도 막강하고."

"네 커터는?"

"자꾸 염장 지를래?"

"화가 나니까 그렇지. 내가 볼 때 구위만 보면 넌 우리 팀 3선발급이야. 아니, 그래도 아깝지."

"말이라도 고맙다."

"실망 말고 양키스전 호투해라. 노땅들이 일 년 내내 버티기는 힘들 테고… 시즌 중이라도 넌 반드시 콜업될 거야."

"호투야 당연하지. 투수는 마운드 위에서 오직 투구만 생각해야 하니까."

"그래. 보여줘. 너를 선택하지 않은 스니커와 헤밍톤에게… 황이 테헤란보다 콜론이나 딕키보다, 가르시아와 크롤, 토모보다 백 배는 낫다는 걸."

"오케이, 내가 퍼펙트로 이닝 먹어치워 주마. 삼진, 삼진… 그러면 되겠냐?"

운비는 흔쾌히 맞장구를 쳐주었다.

"그 약속 잊지 마라."

리베라가 다시 주먹을 내밀었다. 주먹을 마주쳐 주고 밖으로 나왔다.

숙소 앞, 거기 스칼렛이 있었다. 손에는 햄버거와 콜라 포장을 들고… 왜 왔을까? 그러면 이미 로스터에 대한 정보를 알고 있을 수도 있을 일. 위로 말고는 다른 단어가 생각나지 않았다.

"위로차 오셨어요?"

운비가 다가서며 웃었다. 표정 관리도 제대로 되었다. 은퇴를 앞둔 퇴물 선수도 아니었다. 빅 리그에는 10년 만에 올라간 선수들도 많았다. 미국에 온 지 이제 1년. 아쉽지만 스칼렛의 늙은 어깨에 대고 통곡 따위를 할 생각은 없었다.

"위로? 축하가 아니고?"

"양키스전에 고별 등판하는 거요?"

문을 열며 운비가 물었다.

"내가 말하는 건 메츠전인데?"

"오늘 게임 말이군요. 썩 만족스럽지는 않았는데……."

"그때 만족스럽게 던지면 되지."

"스칼렛, 울 생각은 없지만 농담할 생각도 없거든요."

"나도 마찬가지네만."

"아무튼 들어와요. 둘이 오붓하게 콜라나 마시자고요."

"둘이 아니고 넷이네만."

스칼렛이 포장을 들어보였다. 그러고 보니 콜라가 네 잔이었다.

"누가 와요?"

문 앞에서 운비가 물었다.

"이미 왔지 아마."

'이미?'

운비가 숙소 문을 열었다. 그러고 보니 숙소에 불이 켜져 있었다. 그리고… 그 안에 가물거리는 두 사람의 그림자…….

"……!"

그걸 본 운비의 눈이 휘둥그레졌다. 소파를 차지하고 있는 두 사람. 바로 스니커와 헤밍톤이었다.

"감독님……."

운비가 고개를 들었다.

"축하하네. 황!"

스니커가 손을 내밀었다.

"예?"

"25인 로스터의 남은 칸에 자네 이름을 적었네."

"……!"

"거절인가?"

스니커가 자기 손을 바라보며 물었다. 운비가 아직 손을 잡지 않은 까닭이었다.

"뭘 하나? 얼른 잡아주지 않고. 스니커도 늙어가면서 변덕이 심해졌거든."

뒤따라 들어온 스칼렛이 운비 어깨를 치며 말했다.

"스칼렛… 감독님……."

"자네에게 5선발을 맡기기로 했네."

다시 스니커의 손이 올라왔다. 운비는 부들거리는 손을 간신히 내밀었다.

"10승만 부탁하네."

"감독님……."

"10승이 뭐야? 15승은 해야지."

스칼렛이 끼어들었다.

"그것보다 한 20승 해서 신인왕 한번 먹어봐야죠."

헤밍톤도 한마디를 보태놓았다.

"저… 저는……."

"뭐 감독하려면 이런 맛도 있어야지. 정부 예산 발표하듯이 한 번에 다 까발기면 재미없잖아?"

스니커가 운비 어깨를 쳐주며 웃었다.

"감독님……."

"그럼 스칼렛하고 한잔하게나. 우린 아직 한 명 더 통보해야 하거든."

스니커는 헤밍톤과 함께 숙소를 나갔다.

탁!

문소리는 났지만 운비는 앉지 못했다. 귀가 멍했다. 방 안에 흐르는 적막이 따가울 정도로 아팠다. 꿈일까? 토모가 4선발이 된다는 말은 들었다. 하지만 운비에게는 아무런 통보도 오지 않았다. 개막전은 이제 코앞. 그렇다면 마이너행은 당연해 보였다.

그런데…….

이렇게 드라마틱한 통보라니…….

시범 경기 로스터 때도 그러더니…….

이놈의 감독…….

이놈의 코치…….

콱 그냥…….

'뽀뽀라도 해줄걸…….'

후훗!

이래도 좋고 저래도 좋았다. 거꾸로 매달아놓고 통보를 한들 어떻단 말인가. 시즌 개막전 25인 로스터. 거기에 들었다. 마침내 빅 리거의 꿈을 이룬 것이다.

"스칼렛!"

운비, 그제야 정신줄이 돌아오며 스칼렛을 돌아보았다.

"아아, 나도 방금 알았어. 그러니까 따질 생각일랑 말라고."

"그러고 보니 메츠전이라는 게?"

"그렇지. 개막 3연전의 두 번째던가 세 번째던가? 늦으면 숫자 관념이 흐려서……."

"고마워요."

"그건 접수. 그리고 나도 고마워."

"뭐가요?"

"내 기대대로 잘 성장하고 있어서."

"스칼렛……."

"건배할까? 우리 빅 리거님."

스칼렛이 콜라를 내밀었다. 그걸 받아든 운비, 마시지 않고 자기 머리에 부어버렸다. 짜릿한 자축이었다. 그런 다음 리베라에게 전화를 걸었다.

"리베라, 나 로스터에 들었다. 빨리 튀어와라. 마침 네 몫의 콜라도 남았거든."

운비가 전화에 대고 소리쳤다. 스칼렛의 콜라는 네 잔이었으니 세 잔이 남은 건 맞는 말이었다.

"전화 할 곳이 더 있지 아마?"

소파에 기댄 스칼렛이 여유를 부렸다. 아차 싶은 운비, 그제야 여기 저기 전화를 걸기 시작했다. 서울의 집과 박 감독, 그리고 차혁래 기자 등이 그들이었다.

"저 개막전 25인 로스터에 들었어요!"

그 한마디면 되었다. 전화를 받는 사람들마다 뒤집어졌다. 마음속으로 은근히 기대하던 사람들. 그러나 운비에게서 연락이 오지 않자 애를 태우던 사람들. 그들의 집도 환호성으로 뒤덮일 게 분명했다.

"황!"

리베라는 맨발로 달려왔다.

"흐음, 너만 먼저 가려고? 그렇게는 안 돼."

"으아, 이 자식!"

리베라가 날아들었다. 그런 다음 쓰러진 운비를 타고 앉아 무차별 키스를 퍼부었다.

"으아악, 더러워. 여자도 아닌 것이!"

"여자가 아니면 어때? 여자 것보다 더 황홀하지 않냐?"

리베라는 키스를 멈추지 않았다. 신기하게도 부인할 수 없는 말이었다. 리베라의 두툼한 키스에서 묻어나는 축하는 지상의 어느 키스보다도 운비를 행복하게 만들었다.

"황, 리베라!"

스칼렛이 콜라 잔을 들어보였다. 다른 말은 없었다. 그의 입가에 머문 잔잔한 미소가 그의 언어였다. 그거면 충분했다. 운비에게도 리베라에게도 더없이 행복한 밤이었다. 그리고 그들을 바라보는 또 한 사람, 스칼렛에게도.

사흘 후, 운비와 리베라는 리포터 리사를 만나고 있었다. 이제는 25인 로스터가 완전하게 발표된 상황. BFP 프로그램에 관심이 많은 그녀가 이런 뉴스거리를 지나칠 리 없었다.

"두 사람, 포부를 말해주세요."

리사는 운비와 리베라의 가운데 버티고 서서 야무지게 물었다. 오늘따라 그녀의 가슴도 풍성하게 보였다.

"팀에 도움이 되는 선수가 되고 싶습니다. 전 경기 출장이 목표고 3할을 치고 싶습니다."

리베라의 목표는 명쾌했다.

"저는 16승에 도전합니다. 방어율은 3.00 안에 머물고 싶습니다."

운비의 포부도 높았다.

"16승이라는 숫자에 의미가 있습니까?"

리사가 캐물었다.

"바로 이거죠."

운비가 등을 보여주었다. 거기 백넘버가 있었다.

⟨88⟩

전후좌우 어떤 방향으로 보아도 88로 보이는 그 숫자. 그 둘을 더한 승수가 바로 16이었다.

"와우, 16승이라면 지난해, 노장 콜론이 쌓은 15승보다도 1승이 많습니다. 그건 곧 1선발을 노린다는 뜻인가요?"

"몇 선발인가는 상관없습니다. 내보내 주기만 하면, 이닝 이터가 되겠습니다."

"그렇다면 신인왕도 가능하다는 건데요?"

"시켜주면 못 할 거 없죠."

응수 못할 운비가 아니었다.

"리베라. 어떻게 생각하세요?"

리사의 시선이 리베라를 향했다.

"우리 팀에 신인왕 후보가 셋이 되는 거로군요. 스완슨에 나, 그리고 황… 나쁠 거 없잖아요?"

리베라는 특유의 낙천성을 그대로 보여주었다.

"올 시즌, 브레이브스 팬들은 그 어느 때보다 기대감으로 개막을 기다리고 있어요. 루키들이 대거 로스터에 들었기 때문이죠. 부디 브레이브스의 야심찬 리빌딩이 이번 시즌부터 빛을 발하기를 기원합니다. 브레이브스와 필리스를 밥으로 생각하는 내셔널스와 메츠에게는 악몽이 되겠지만요."

"그 악몽은 현실이 될 겁니다."

운비와 리베라가 입을 모았다. 리사의 방송은 그것으로 마감되었다.

"우리 셋, 또 내기 한번 할까요?"

마이크를 끈 리사가 흥미로운 제의를 해왔다.

4. 루키들의 포텐 폭발

"무슨 내기요?"

리베라가 물었다.

"방금 전 방송 탄 그 포부 말이에요. 달성하면 제가 시즌 끝나고 저녁을 쏘죠. 달성하지 못하면 어떻게 할래요?"

"음… 리사와 키스 백만 번?"

리베라가 너스레를 떨었다.

"죽고 싶어요?"

리사의 즉각적인 반격.

"농담이고요, 저도 저녁 쏘죠. 애틀랜타에서 제일 비싼

곳에서 제일 비싼 요리로."

"나쁘지 않군요. 황은요?"

"저는 리사가 원하는 향수 세 병 약속하죠."

"와우, 그것도 매력적인데요?"

리사는 과장된 몸짓으로 장단을 맞췄다.

"그런데 저기 저 사람, 황의 지인이에요? 아까부터 기다리고 있는 거 같은데……."

측면을 돌아본 리사가 운비에게 물었다.

"……!"

운비의 시선이 파뜩 정지되었다.

차혁래 기자… 브레이브스 야구 모자를 눌러쓴 남자는 그였다.

"차 기자님!"

운비가 손을 흔들자 차혁래가 다가왔다.

"언제 오셨어요?"

"방금, 바쁜 거 아니야?"

"괜찮아요. 지금 인터뷰 끝났거든요."

"그럼 다행이고."

"인사하세요. 여긴 브레이브스 전담 리포터 리사. 이쪽은 한국의 언론사에서 온 차혁래 기자님이세요."

운비가 두 기자에게 통성명을 시켰다.

"헬로우, 나이스 투 미츄."

"하이, 나이스 투 미츄 투."

차혁래가 리사와 악수를 나누었다.

"리베라도 로스터에 들었다지? 축하해."

뒤이어 리베라를 챙기는 차혁래. 리베라와는 이미 안면이 있는 사이였다.

BFP 취재차 두 번이나 들렀던 차혁래. 그때 리베라도 함께 만났던 것이다.

"앞으로 잘 부탁해요, 리사."

"말로만요?"

"필요한 게 있음 뭐든 말씀하시죠."

"뭘 잘하시죠?"

"여자에게 넘어가 주기."

"약하네요. 보아하니 황하고 할 말이 많을 거 같으니 얘기 나누세요."

"땡큐, 리사."

차혁래의 억양은 부드러웠다. 운비보다야 영어에 능통한 차혁래. 처음 본 리사하고도 잘 통하고 있었다.

"콜라?"

음식점으로 자리를 옮긴 차혁래가 물었다. 리베라와 리사는 빠지고 둘만 남았다.

"제가 살게요."

"어허, 왜 이러나? 나도 빅 리거한테 한턱 좀 쏴보자고. 그 덕에 특파원 신분까지 누리게 생겼는데……."

"특파원요?"

"그래. 방송국에서 이견이 있었는데 네가 빅 리거 되면서 파견하는 쪽으로 기울었다. 네 덕에 올 한 해는 여기서 살게 생겼어."

"정말요?"

"뭐 네가 잘하면 내년에도?"

"와우!"

"콜라 사도 되겠지?"

"마음대로 하세요."

운비의 대답은 가뜬했다.

"마셔. 류연진 알지?"

잠시 후, 콜라 잔을 내려놓은 차혁래가 물었다. 두 손으로 잡아야 하는 대짜였다.

"당연히 알죠."

어떻게 모를까? 그 레전드의 이름을…….

"이번에 다저스에서 부활하는 모양이더라. 4, 5선발로 기용될 거 같던데."

"우와."

반가운 소식이었다. 어쩌면 그라운드에서 만날 수도 있었다.

"좋네요. 이 시기에 기자님도 만나고 반가운 소식도 듣고⋯⋯."

"나도 마찬가지야. 25인 로스터 발표가 속속 나는데 네 이름이 없어서 걱정했거든."

"나도 그랬어요."

"하긴 네가 아무리 철 가면에 강심장이래도⋯⋯."

"솔직히 말하면 지금도 막 소리 지르고 싶은데 참는 거라고요. 사람들이 보면 코리아 촌놈이라고 할까 봐서요."

"오면서 박 감독님 만났다."

"그래요? 잘 계시죠?"

"통화했다며? 가면 이거 전해주라고 하시더라."

차 기자가 내민 건 낡은 연습구였다.

"연습구네?"

"맞아. 그거 보면 옛 생각날 거라고⋯ 빅 리그가 꿈이었던 그때를 생각하면 정신이 번쩍 들 거라나?"

"감독님은⋯⋯."

"부상 조심하고 잘 던지라고 하시더라."

"그래야죠."

연습구가 운비 손 안에서 돌았다. 공에 박 감독 얼굴이

맺혀왔다. 3월… 고교야구 전반기 주말리그가 벌어질 시간이었다.

소야고는 작년에도 한 차례의 우승과 두 차례 4강에 들었다.

운비가 졸업했지만 박 감독은 중심을 잘 잡고 있었다.

"감독님 말씀이 시즌 끝나고 혹시 한국 오면 한 번만 들러달라고 하더라. 너야말로 소야고의 진정한 전설이라서 야구부 애들에게 큰 도움이 될 거라고."

"그래야죠. 그러자면 더 잘 던져야겠네요. 죽을 쑤고 후배들 찾아갈 수는 없을 테니까요."

"첫 등판은 언제야?"

"아직 통보 못 받았어요."

"5선발이라며?"

"그게 아마… 이번 양키즈전 끝나고 확실하게 결정될 거 같아요. 일단 개막전 선발만 테헤란으로 정해졌거든요."

"양키즈전 끝나고 3일 후가 시즌 개막 아니야? 메츠하고 첫 경기 하는 거 같던데?"

"그래서 테헤란은 한 이닝 정도만 던지고 들어갈 거 같아요."

"이거 설레는데……."

"저도 그래요. 그래도 기자님이 오니까 좋네요."

"그 마음 잊지 말아라. 나 이제부터 너 밀착 취재거든. 귀찮다고 짜증 내면 죽는다."

"대신 사진은 좀 잘 나온 거로 실어주세요."

"흐음… 카메라는 거짓말 못하는데?"

"에이, 포샵은 두었다가 뭐에 쓰게요."

"오케이, 승리투수만 돼라. 얼굴을 아예 꽃미남으로 만들어줄 테니까."

차혁래의 목소리는 잔뜩 고무되어 있었다.

'승리투수……'

낡은 연습구를 만지며 운비는 생각했다. 아까는 즉흥적으로 대답한 16승.

그걸 한번 이루어보고 싶었다.

전국 꼴찌에서 전국대회 3관왕을 이루었던 운비. 그리고 빅 리거의 꿈까지 도달한 운비였다. 그렇다면 16승도 그저 꿈만은 아니었다.

'부탁해.'

운비는 연습구를 쥐며 속삭였다. 그때… 소야고의 그때… 가슴 안에 타오르던 간절한 꿈을 속삭이듯이.

*　　　　*　　　　*

날씨는 맑았다.

사람은 많았다.

"와아아!"

팬들의 함성도 높았다. 그 소리는 운비가 몸을 푸는 불펜까지도 밀려왔다.

"좋은데?"

캐치볼을 하던 테헤란이 관중석을 돌아보았다. 새로 개장한 선트러스트 파크.

산뜻한 컬러부터 눈길을 끌었다. 영욕의 시대를 마감하고 옮겨온 새로운 구장. 마치 1990년대의 화려한 부활을 재촉하는 것 같았다.

홈에서 보는 내야는 속 시원하게 터져 있었다. 의자도 잔디도 싱그럽기 그지없다. 모든 게 새로웠다.

"천천히!"

공을 받던 레오가 운비를 달랬다. 불펜에는 네 명의 투수가 있었다. 선발로 내정된 테헤란, 그리고 운비, 블레어와 실바가 그 주인공이었다.

테헤란은 1이닝.

그 전갈은 헤밍톤에게서 받았다. 홈 팬에 대한 서비스 차원이다. 나머지의 차례는 정해지지 않았다. 2회부터 운비가 나갈 수도, 블레어가 나갈 수도 있었다.

"먼저 간다."

불펜 투구를 마친 테헤란이 불펜을 빠져나갔다. 경기 개시 20분 전. 날 저물 자리에 나이트가 불을 밝혔다.

"에이스는 다르지?"

실바가 운비에게 물었다.

"그렇네요. 언제 봐도 안정되어 보인단 말이죠."

"준비해. 다음은 네 차례일 거야."

"저요?"

"응."

실바가 고개를 끄덕거렸다. 짚이는 게 있는 모양이었다.

"천천히."

레오의 말은 여전히 같았다. 운비가 서두르는 것이다. 운비도 모르는 걸 그는 알고 있었다. 포수는 그렇다. 투수의 공을 받으면 그 날의 컨디션을 알 수 있다. 때로는 마음까지도……

"오늘 커터 좋아. 체인지업도 잘 긁히고."

레오가 웃었다. 그 미소를 따라 경기가 개시되었다. 브레이브스의 엔트리는 신구 조화의 절정을 이루고 있었다. 팀의 핵심인 인시아테와 프리먼에 테헤란까지 들어갔고 스완슨과 리베라, 운비 등 신인왕에 거론되는 신인들도 모조리 포진한 것이다.

〈브레이브스 스타팅 멤버〉

1번 타자: 인시아테(CF)

2번 타자: 스완슨(SS)

3번 타자: 프리먼(1B)

4번 타자: 켐프(LF)

5번 타자: 리베라(RF)

6번 타자: 알비에스(2B)

7번 타자: 플라워스(C)

8번 타자: 루이즈(3B)

9번 타자: 테헤란(P)

〈양키스 스타팅 멤버〉

1번 타자: 존 엘스버리(CF)

2번 타자: 빌리 힉스(LF)

3번 타자: 미구엘 처키(RF)

4번 타자: 애런 카터(1B)

5번 타자: 이안 맥케니(3B)

6번 타자: 조지 산체스(C)

7번 타자: 크린트 토레스(SS)

8번 타자: 카일 세베리노(P)

9번 타자: 대니얼 그레고리우스(2B)

그에 맞서는 양키스의 오더도 반짝거렸다. 지난번 운비가 맞섰던 때와는 오더가 확 변했다.

특히 카터와 산체스, 세베리노 등이 눈길을 끌었다. 양키스도 유종의 미를 원하는 것일까? 중량감이 달라진 느낌이었다.

쫄지는 않았다. 양키스 역시 리빌딩으로 몸살을 앓는 중이었다.

오죽하면 올해의 예상 순위에서 레드삭스와 블루제이스 등에 밀려 4위로 밀렸을까? 그건 브레이브스의 예상 순위와 하나도 다르지 않았다.

그 정보는 리사에게 들었다. 아직 메이저리그 정보에 익숙하지 않은 운비였다. 이따금 만나는 리사는 그런 면에서 참 고마운 존재였다.

'They are nearly all alike.'

난형난제……

그녀의 표현은 그랬다. 양키스도 올해가 아니라 내년, 내년이 아니라 후년을 노리는 팀이라는 뜻이었다. 불펜은 리그를 통틀어 A급이다. 핀 스프라이트 유니폼을 잊지 못한 벤 체프먼이 컴백하면서 기존의 로얄 비탄시스와 함께 최강의 불펜 원투펀치를 구성하게 되었다.

지난번 운비와의 대전에는 나오지 않았지만 이 둘이 차례로 떠서 뒷문을 잠그면 뒤집기는 물 건너갈 판. 인디언스와 올리올스의 무적 원투펀치에 견주어서도 절대 밀리지 않는 조합이었다.

하지만 다른 조건은 탄탄하지 못했다. 테이블 세터부터 중심 타선까지 과거의 양키스와는 차원이 다르다는 것이다.

양키스는 로얄 비탄시스와 카일 세베리노, 조지 산체스, 크린트 토레스의 성장을 기대하고 있었다. 그들이 구심점이 되어주면 2년 후의 FA 시장에 나오는 거물들을 싹쓸이할 '쩐'도 비축된 상태였다.

시나리오대로만 된다면 다시 양키스의 황금기를 구가하는 것이다.

"안녕하세요? 브레이브스 팬 여러분, 제임스 폼멜입니다."

중계석의 폼멜이 목소리를 높였다. 옆에는 리겔 글레핀과 리사가 환한 얼굴로 장단을 맞추고 있었다.

"마침내 선트러스트 파크의 시대가 열렸습니다. 어떻습니까? 장엄한 구장을 바라보니 올해 당장 포스트 시즌에 나갈 것 같지 않습니까?"

폼멜이 리사를 돌아보았다.

"맞습니다. 팜에서 1위를 찍은 브레이브스… 유망주들이 펄펄 난다면 월드시리즈도 문제없죠."

"그렇습니다. 인시아테와 스완슨, 리베라와 알비에스… 타자 쪽 자원은 넘치고 있습니다. 이들 방망이가 터지면 컵스나 인디언스의 살인 타선도 부럽지 않죠."

글레핀의 목소리도 공중에 떠 있었다.

"투수도 그렇습니다. 블레어에 토모, 카브레라, 거기다 BFP 시스템이 길러낸 '황'까지 더하면 짠 평가를 내린 전문가 그룹들이 땅을 치게 될 것입니다."

리사는 운비 차례에서 목소리에 힘을 주었다.

"리사, BFP 시스템과 함께 거기서 육성된 두 선수를 밀착 취재했었지요? 시범 경기 마무리와 더불어 어떻게 생각합니까? 바람직한 방향으로 가고 있습니까?"

폼멜은 화제를 계속 끌고 나갔다.

"장담하건대 황과 리베라는 올해 대형 사고를 칠 겁니다. 여러분은 시즌 내내 그 대형 사고를 흥미롭게 지켜보기만 하면 됩니다."

"글레핀은 어떻게 보시나요?"

"저도 공감입니다. 캐리어가 부족하긴 하지만 두 선수의 성향이 워낙 외향적이라 걱정할 거 없습니다. 부상만 없다면 팀의 한축으로 성장할 게 분명합니다."

"아, 이거 빨리 플레이를 보고 싶어 몸살이 나겠는데요.

우리 루키들, 올해 이 새 구장에서 펄펄 날아서 과거의 영광을 재현해 주기를 기대합니다."

"아, 경기 시작되네요."

리사가 그라운드를 가리켰다.

"시작은 테헤란이죠?"

폼멜이 운을 던졌다.

"오늘 우리 스니커 감독께서 작심하고 라인업을 짰다더군요. 새 구장에 맞춰서 말입니다. 우리 선수들, 오늘부터 새 역사를 쓰게 될 겁니다. 브레이브스는 이제 더 이상 남의 잔치에 승률이나 맞춰주는 팀이 아닙니다."

글레핀의 목소리는 확신에 차 있었다.

주심의 콜과 함께 테헤란이 투수판을 밟았다.

양키스에 세베리노가 있다면 브레이브스에는 테헤란이 있다.

미래의 에이스이자 현재의 마운드를 이끄는 테헤란의 1구가 날아갔다.

뻑!

소리와 함께 주심의 주먹이 올라갔다. 청명한 하늘과 함께 팬들은 시즌 개막을 알리는 시범 경기에 몰입하고 있었다.

타자 엘스버리는 방망이를 휘둘러 보고 타석에 들어섰다.

양키스의 1번 타자. 주루가 좋고 수비도 좋지만 공격력은 퇴보 중인 선수였다.

짝!

2구로 들어간 슬라이더에 엘스버리의 방망이가 돌았다. 그는 타격 욕심이 많은 편. 공격적이기에 실패도 많았다. 3루수가 가볍게 점프하며 공을 잡아냈다. 홈 팬들 사이에서 박수가 터져 나왔다.

2번 타자는 힉스였다.

그 역시 엘스버리와 짝을 이루어 테이블 세터 역을 수행하는 타자. 그러나 그도 공격력이 전 같지 않아 양키스의 고민이 되는 판이었다. 그는 3구로 떨어진 체인지업에 속아 헛스윙, 삼진을 먹고 말았다.

1번에 이어 2번까지 제압한 테헤란. 여유 있게 로진백을 들었다 놓았다. 하지만 2미터를 살짝 넘는 처키와의 승부는 간단하지 않았다.

테이블 세터보다 더 끈질기게 공을 커트해 낸 것이다. 그런 날이 있다. 주체할 수 없이 컨디션이 좋은 선수. 투수가 조심해야 하는 경우였다.

승부는 8구에서 엇갈렸다. 패스트 볼 다음에 들어간 슬라이더가 쥐약이었다.

부욱!

방망이는 제대로 돌았지만 공은 빗맞고 말았다. 알비에스가 경쾌한 포구 동작으로 공을 잡아 1루에 뿌렸다. 양키스의 공격은 삼자범퇴로 끝났다.

"황!"

전화를 받은 불펜 코치가 운비를 불렀다. 가볍게 공을 뿌리던 운비가 돌아보았다.

"너야."

전달은 간단했다. 어차피 콜을 기다리던 운비와 블레어, 그리고 실바였다.

"몸 쪽 한 개만 더."

공을 받던 레오가 마무리를 부탁했다. 운비는 그 말에 따랐다. 레오는 그만큼 믿을 만했다.

"좋아, 조금만 부드럽게. 조금만……."

마지막 공을 받은 레오가 웃었다.

타석에는 인시아테가 들어서 있었다. 이제는 브레이브스의 희망봉이 된 인시아테. 운비의 관심은 타자보다 투수 세베리노 쪽이었다.

카일 세베리노…….

그도 미래의 양키스였다. 지지난해 그는 그걸 증명했었다. 좋은 성적으로 양키스 팬들의 관심을 한 몸에 받은 것. 그게 독이었을까? 지난해에는 폭망, 즉 폭삭 망하고 말았다.

하지만 지난해 레전드의 개인 지도를 받았다. 슬라이더와 체인지업이 주 무기였는데 그 체인지업을 버리고 버린 것이다.

만약 그가 재작년의 구위에 업그레이드 버전의 체인지업 장착에 성공한다면, 오늘 브레이브스는 어려울 수 있었다.

그걸 가늠하는 게 인시아테였다. 그걸 알고 있는 걸까? 배트를 쥔 인시아테의 몸은 폭발할 듯한 긴장감으로 출렁거렸다.

'던져라, 세베리노.'

운비의 눈도 투수에게 꽂혀서 움직이지 않았다. 나이도 운비와 한두 살 차이. 궁금증이 가실 수 없는 조건이었다.

1회 말.

세베리노가 투구 동작에 들어갔다. 초구는 패스트 볼이었다. 평균 구속 154㎞/h대의 빠른 공을 뿌리는 투수. 공은 인시아테의 가슴 위로 들어오면서 볼이 되었다. 구속은 여전히 위압적이었다. 인시아테는 배트를 겨누며 공의 궤적을 조준했다.

2구가 날아왔다.

'체인지업.'

운비의 눈은 공에 꽂혀 있었다. 인시아테 또한 그걸 모르지 않았다. 배트가 공의 궤적을 따라 나갔다. 하지만 임팩트 순간에서 헛돌고 말았다.

"......."

인시아테의 눈가에 아뜩함이 스쳐갔다. 생각보다 낙차가 좋았다. 하지만 작은 사고가 났다. 포수 산체스가 공을 포구하지 못한 것이다.

산체스의 아킬레스건은 수비. 마이너에서도 간간히 흘리던 공을 여기서 또 흘린 것. 주자가 없기에 별문제는 없었지만 기분은 망친 눈치였다.

3구.

다시 세베리노의 패스트 볼이 날아왔다. 인시아테의 반응이 살짝 늦어지면서 공은 스트라이크존을 통과해 버렸다. 볼카운트 1—2.

'4구는 다시 체인지업?'

운비의 짐작은 그랬다. 그 예상은 빗나가지 않았다. 제대로 긁히고 있는 체인지업. 세베리노는 보란 듯이 하나를 더 집어넣었다.

짝!

인시아테의 방망이가 돌았지만 정타가 아니었다. 공은 맥없이 떠올랐고 유격수로 나온 토레스가 여유 있게 잡아냈다.

아직 판단하기는 이르지만, 세베리노의 체인지업 업그레이드는 성공적이었다. 더그아웃으로 돌아오던 인시아테, 교

차하는 스완슨에게 뭐라고 말을 전했다. 공략법이거나 체인지업의 상태를 말해주는 것 같았다.

그게 효과가 있었다. 3구로 날아온 체인지업. 스완슨이 제대로 받아쳤다. 공은 투수 옆을 지나 2루를 뚫고 나갔다.

원아웃에 1루.

괜찮은 출발이었다.

타석에 프리먼이 들어서자 박수 소리가 높아졌다. 스완슨과는 다른 인기였다. 슬쩍 돌아본 운비, 부러운 마음을 감출 수 없었다.

박수 소리 때문일까? 프리먼 역시 깨끗한 안타를 작렬시켰다. 애당초 그는 패스트 볼을 노렸고 초구를 통타해 좌전 안타를 생산한 것이다.

주자를 1, 2루에 두고 켐프가 타석에 들어왔다. 4번 타자… 1회부터 분위기는 브레이브스로 쏠리고 있었다. 장타 하나만 터져준다면 경기가 수월하게 풀릴 수도 있었다.

짝!

원하던 장타가 나왔다. 세베리노의 4구를 밀어 쳐 우익수 쪽으로 큼지막한 타구를 날린 것이다. 하지만 마지막에 뻗지 못했다.

타구는 처키의 글러브로 들어갔다. 2루에 있던 스완슨이 태그 업을 해 3루를 밟았다.

투아웃에 1, 3루.

득점 찬스에서 리베라가 등장했다. 브레이브스의 홈 팬들이 뜨겁게 달아올랐다. 시범 경기에서 보여준 리베라의 활약을 아는 팬들은 적시타를 기대했다. 하지만 리베라는 3구에서 파울을 내며 1—2로 카운트가 밀렸다.

4구로 들어온 공은 아슬아슬한 체인지업이었다. 패스트 볼을 노리던 리베라의 배트가 돌지 않았다. 다행히 공이 반 개 정도 낮았다. 주심의 손은 올라가지 않았다.

호흡을 고른 리베라, 이후 파울 두 개를 날리고 볼을 골라내며 3—2로 카운트를 몰고 갔다. 불리하던 카운트에 균형을 맞춘 것이다.

볼카운트는 3—2. 다음 타자가 알비에스라 리베라보다 타격감이 살짝 떨어지는 선수. 안 되면 거른다는 생각인지 유인구성 패스트 볼이 바깥쪽 존으로 들어왔다.

짝!

기다리던 리베라의 배트가 바람을 갈랐다. 1루수가 몸을 날렸지만 공은 글러브보다 빨랐다. 신성 리베라의 우전 적시타였다.

"와아아!"

1 대 0.

브레이브스가 선취점을 내자 스탠드는 박수의 물결로 가

득 찼다. 브레이브스의 리빌딩. 팬들은 그 가능성에 기대감을 키워갔다.

투아웃에 1, 2루.

이어 나온 플라워스. 정타를 날렸지만 좌익수 정면이었다. 3안타로 1득점. 아쉬운 감이 있지만 출발로서는 나쁘지 않았다.

2회 초.

운비가 등판했다.

선트러스트 파크의 마운드는 단단했다. 바람은 홈에서 좌측 펜스 쪽으로 불고 있었다. 좌익수 켐프가 손을 들어 보였다. 클럽하우스의 리더답게 외야에서도 리더 역할을 하는 켐프⋯⋯.

호흡을 고르게 하고 타석을 보았다. 홈 플레이트에 어리는 수호령이 보였다.

'안녕.'

운비가 인사를 했다. 수호령은 마치 응답을 하는 듯 하르르 흔들리다 사라졌다. 마음이 뜨끈해졌다.

타석에서 운비를 마주하는 타자는 애런 카터였다. 첫 공으로 만나는 선수가 4번 타자. 중압감이 있었지만 운비는 표정이 없었다.

'조심해.'

플라워스의 말이 귀를 스쳐갔다. 카터는 양키스의 대표적 홈런 타자다. 플라워스가 운비를 상기 시킨 건 그가 우완보다 좌완에 강하기 때문이었다. 반가운 정보가 아니었다.

'바깥쪽 낮게 패스트 볼.'

플라워스의 미트가 위치를 잡았다. 와인드업을 한 운비가 1구를 뿌렸다.

빽!

소리와 함께 주심의 손이 올라갔다. 초구 스트라이크. 머리까지 올라왔던 피가 확 내려간다.

초구를 스트라이크로 꽂으면 승부가 수월해진다. 차선책으로 2구가 스트라이크라도 그렇다. 거꾸로 2구까지 볼이 되면 경우의 수가 줄어든다. 3구는 무조건 스트라이크를 꽂아야 하는 것. 강박관념은 늘 투구를 망친다. 그렇기에 투수는 카운트를 이끌어가야 한다. 끌려가면 쥐약이 되는 것이다.

'체인지업.'

플라워스의 미트가 안쪽으로 조금 움직였다. 151㎞/h를 찍은 초구. 첫 공 치고는 나쁘지 않았다. 그렇다면 2구는 20㎞/h쯤 줄인 속도의 체인지업이 최상의 효과를 볼 수 있었다.

"와아앗!"

운비의 2구가 날아갔다. 카터의 방망이도 돌았다.

짝!

공 맞는 소리가 들렸다. 공은 3루 쪽 파울이 되었다. 카터가 임팩트를 맞히지 못한 것.

투낫씽.

'체인지업 원 모어.'

포수의 주문은 같았다. 다만 존이 타자 몸 쪽으로 이동했다. 속으면 대박이고, 아니면 다음번에 바깥쪽 패스트 볼을 꽂기 위한 수순이었다.

'그렇다면……'

글러브 안에서 그립을 옮겼다.

양키스…….

'알고 보면 그들도 초상집이에요.'

리사가 말했었다. 올해, 양키스는 어쩌면 최악의 성적을 낼 수도 있다고 했다. 오죽하면 그들의 레전드로 불리는 치터와 로드라겔스, 테시에라 등이 총출동하여 선수들에게 조언을 하고 있을까?

어쩌면 저 관중석에, 그 레전드들도 와 있을까?

그립에 손가락이 올라갔다. 가볍게 킥킹을 한 운비, 몸 쪽에 조금 붙는 코스로 벌컨 체인지업을 날렸다.

부욱!

카터의 배트가 바람을 갈랐지만, 홈 플레이트 앞에서 급

격히 멈췄다.

"스윙!"

플라워스가 1루심에게 확인을 요청했다. 1루심은 가만히 두 팔을 펼치며 노 스윙을 선언했다.

사실 그건 플라워스도 알고 있었다. 그럼에도 확인을 하는 건 타자에 대한 심리적인 압박이자 투수에게 신뢰감을 주기 위한 액션이었다.

'한 방 꽂아주자.'

플라워스의 미트가 바깥쪽 높은 곳으로 이동했다. 25개의 존으로 나눠진 매직 존. 그중에서도 푸른색이 가장 깊은 존이었다. 어쩌면 1할 미만의 존. 제대로만 들어가면 삼진이 나올 코스였다.

'바라던 바입니다.'

운비의 팔이 바람을 갈랐다. 빅 유닛답게 시원하게 내리꽂은 포심이었다. 카터가 쉴 리 없었다. 그의 방망이도, 기다렸다는 듯이 돌았다.

뻑!

미트 소리가 그라운드를 울렸다. 방망이가 헛돈 것이다. 주심은 절제된 액션으로 삼진을 선언했다. 잠시 운비를 노려본 카터가 방망이를 끌고 더그아웃으로 향했다.

원아웃.

출발은 좋았다.

뒤를 이어 맥케니가 들어섰다. 그의 방망이는 아주 가벼워 보였다. 파워풀한 배팅을 하는 선수. 관록의 노장은 아니지만 리베라에 버금간다는 걸 아는 운비였다.

'커터? 포심?'

포수가 사인을 보내왔다.

'포심요.'

운비는 후자를 택했다. 이상했다. 다른 타자들도 그렇지만 맥케니만 보면 전의가 끓어올랐다. 이 타자만은, 보란 듯이 돌려세우고 싶은 것이다.

'오케이.'

플라워스가 미트를 내밀었다. 운비의 초구는 154㎞/h를 찍었다. 하지만 존을 살짝 빗나갔다.

선구안이 좋은 맥케니는 꿈쩍도 하지 않았다. 또다시 도발이다. 네 꼴리는 대로 던져라. 나는 구경하다가 내 공이 오면 친다. 실투하면 뒈진다. 맥케니의 전략은 이번에도 그렇게 보였다.

'이 친구 석고상 스타일인데? 몸 쪽에 한 방 먹여줘.'

노련한 플라워스는 타자의 성향을 간파했다. 2구는 얼굴 가까이 치솟는 포심이 날아갔다.

그래도 맥케니는 움직이지 않았다. 맞으면 걸어 나가겠다는 배짱이었다.

'투지 한번 굉장하군. 체인지업 하나.'

플라워스의 미트가 아래로 향했다. 가운데서 바깥쪽으로 떨어지는 벌컨 체인지업이 날아갔다. 스트라이크 판정을 받았지만 맥케니의 방망이는 미동도 없었다.

볼카운트 2-1.

'조금 낮게 커터.'

플라워스의 사인을 받은 운비, 미트를 향해 커터를 한 방 날려주었다. 거기서 맥케니의 방망이가 돌았다.

짝!

맞는 순간, 운비는 알았다.

'당했다.'

타구는 유격수와 3루수 사이를 시원하게 빠져나갔다. 이번에는 커터를 노린 모양이었다.

'이 자식……'

은근 오기가 발동했다. 하지만 흥분할 여유는 없었다. 타석에 들어선 타자, 양키스의 핵폭탄으로 불리는 조지 산체스였다. 지난해 조금 늦게 빅 리거가 되면서 풀 시즌을 치루지 못했지만 50게임에서 20홈런. 타선의 새로운 리더로 등장한 양키스의 미래. 산체스가 빵빵 터지고 세베리노가 활약해 주면 양키스의 포스트 시즌 진출은 문제없다는 말이 나오는 그 타자였다.

베탄시스+세베리노+산체스+토레스…….

양키스의 미래를 짊어졌다는 대형 신인 중 하나를 만난
것이다.

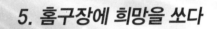

5. 홈구장에 희망을 쏘다

원아웃 1루.

'커터!'

플라워스는 포심보다 커터를 주문했다. 타자 안쪽 낮은 코스였다. 걸리면 넘어가는 산체스. 그러나 그 또한 빅 리그를 일부만 경험한 신인이었다. 그걸 모를 리 없는 플라워스였다.

부욱!

커터에 산체스의 방망이가 돌았다. 스윙은 공의 궤적을 맞히지 못했다.

'오케이, 조금 높게 포심 한 방.'

포수의 미트가 조금 높아졌다. 운비는 무념무상으로 공을 뿌렸다.

짝!

산체스는 주저하지 않았다.

"……!"

타격음과 함께 운비가 동물적으로 고개를 들었다. 우익수 쪽으로 날아가던 타구가 휘는 게 보였다. 파워가 제대로 실린 배팅. 정타가 아니었기에 망정이지 배팅 포인트가 맞았더라면 홈런이 될 타구였다.

'다시 몸 쪽 커터.'

플라워스의 사인을 받은 운비, 1루 주자를 슬쩍 바라보고 퀵 모션으로 공을 뿌렸다. 방금 전 던졌던 포심과 똑같은 투구 모션, 똑같은 회전… 의욕이 앞선 산체스의 방망이는 더 빠른 스윙으로 한 방을 노렸다.

픽!

"……!"

배트가 공의 궤적과 일치했다고 생각한 순간, 산체스는 김 빠지는 소리를 들었다. 배트 끝을 스친 공은 그대로 포수 미트에 꽂히고 말았다. 운비와 플라워스가 합작으로 솎아낸 삼진이었다.

'좋았어.'

공을 던져준 플라워스가 주먹을 쥐어 보였다. 하지만 끝은 아니었다. 여전히 주자는 베이스에 있었고 다음 타자는 토레스였다. 그 또한 양키스의 미래로 꼽히는 선수…… . 시범 경기를 거치며 운비는 더 많은 것을 알게 되었다. 그게 바로 빅 리거들의 히스토리였다.

초구 선택은 벌컨체인지업이었다. 그때, 맥케니가 2루로 뛰었다. 눈치를 챈 플라워스가 바로 일어나 공을 뿌렸지만 방향이 좋지 않았다. 맥케니는 2루에서 살고 말았다.

투아웃 2루.

유니폼에 묻은 흙을 털어낸 맥케니가 빙긋 웃었다. 운비를 도발하는 것이다. 하지만 그 미소는 오래 가지 못했다. 들뜬 맥케니의 리드가 길었다. 몸 쪽 빠른 포심을 잡아낸 플라워스, 2루수와의 사인을 통해 벼락 같은 송구를 날렸다. 운비가 살짝 몸을 낮춰주는 사이에 공은 2루수의 글러브에 들어가 버렸다. 놀란 맥케니가 슬라이딩으로 귀루했지만 그가 닿은 건 알비에스의 블로킹일 뿐이었다.

'쉿!'

순식간에 지옥에 떨어지는 표정이 보였다. 그와 눈빛이 마주쳤지만 운비는 무표정했다. 아이언 마스크, 그 닉네임과 딱 맞아떨어지는 얼굴이었다.

2회 말.

양키스의 세베리노는 루이즈와 맞섰다. 루이즈는 반발 정
도 물러서 타격 자세를 잡았다. 초구를 그대로 흘려보낸 루
이즈, 2구로 들어온 슬라이더를 받아쳤다. 공은 제대로 맞
았지만 멀리 뻗지 못했다. 중견수에게 잡히며 원아웃.

그다음에 들어선 게 운비였다. 오늘 게임은 투수도 타석
에 들어서는 내셔널리그 스타일. 세베리노 입가에 빙긋 번
지는 미소가 보였다.

—타석의 투수는 투수의 밥.

내셔널리그의 많은 경우가 그랬다. 일부 제법 짭짤한 타
율을 자랑하는 투수들이 있지만 평균적으로는 드물었다.
대다수의 투수는 타격 연습에 목을 매지 않는 까닭이었다.

운비도 그랬다. 타격 연습을 한다고 해도 번트 정도였다.
하지만 운비는 이따금 딴 길로 샜었다. 리베라와 일상처럼
한 내기가 그랬다. 시범 경기 동안에도 다른 투수들의 공도
쳐보았다. 대 선배 콜론의 공도 상대해 보았고 블레어와 투
산, 카브레라의 불 직구도 쳐본 운비였다.

쾅!

초구는 무려 159㎞/h가 꽂혔다.

'엄청나네.'

그 소리가 절로 나왔다. 상대 투수의 기를 죽이려는 작정

이었다. 하지만 양키스의 배터리를 이룬 산체스와 세베리노는 알지 못했다. 운비가 소야고에서 3번이나 5번을 쳤다는 사실. 2학년과 3학년 통산 타율도 3할을 넘는 운비였다는 걸.

쾅!

2구도 패스트 볼이었다. 운비가 꼼짝도 못하자 스피드로 누르는 것이다.

'3구……'

궤적을 읽은 운비는 다음 패스트 볼을 기다렸다. 이미 두 개의 불 직구를 꽂아넣은 세베리노. 그의 머리에 삼구 삼진이 들어 있지 않다면 이상할 일이었다.

부욱!

세베리노의 팔이 장쾌한 스윙을 그렸다.

'패스트 볼……'

운비는 알았다. 두 번의 투구와 똑같았다. 그렇다면, 패스트 볼이 분명했다. 타조의 신성시력으로 확인한 세베리노 공의 궤적. 그 궤적을 따라 운비의 방망이가 돌았다.

짝!

제대로 받쳐놓고 친 임팩트 순간, 운비는 등골이 오싹해지는 걸 느꼈다. 제대로 터진 타격음이었다.

"와아!"

타구를 따라 팬들의 함성이 울려 퍼졌다. 1루 코치의 손은 2루를 가리키고 있었다. 달렸다. 무조건 달렸다. 2루가 가까워 보이자 슬라이딩도 서슴지 않았다. 공은 그때까지도 커버에 들어온 2루수 글러브에 들어오지 않았다. 펜스 가까이 굴러간 공이 잔디 위에서 멈춘 것이다. 리베라라면 3루까지도 따낼 수 있는 장타였다.

"와아!"

다시 한번 홈 팬들의 함성이 그라운드를 울렸다. 그제야 운비는 베이스 위에서 두 손을 흔들었다. 조금은 어색했지만 기분은 좋았다. 루킹 삼진을 잡은 것과 그리 다르지 않았다.

김샜다.

세베리노의 눈빛이 그랬다. 보란 듯이 삼진으로 돌려세우려던 세베리노. 운비에게 장타를 얻어맞고는 기분이 상해버렸다. 그게 투구에 영향을 미쳤다. 1번 타자 인시아테에게 거푸 세 개의 볼을 뿌리더니 스트라이크에 이은 볼로 결국 볼넷을 허용하고 말았다.

이어서 들어선 스완슨이 대형 사고를 쳤다. 가운데로 들어오는 초구를 받아쳐 다시 펜스를 직격하는 2루타를 작렬시킨 것. 운비는 놀면서 들어왔고, 인시아테까지 전력 질주로 홈을 밟았다.

스코어는 3 대 0.

원아웃에 주자는 2루에 있었다.

"굿 잡."

더그아웃의 선수들이 운비를 반겼다.

"이참에 아예 타자로 전향하시지?"

리베라는 늘 하던 대로 머리를 들이대며 익살을 떨었다.

신인들의 분투에 고무된 3번 타자 프리먼, 우익수 앞에 떨어지는 안타로 분위기를 절정에 올려놓았다. 스완슨이 홈을 밟으며 점수 차가 4 대 0으로 벌어졌다. 결국 세베리노가 강판되고 말았다.

세베리노의 뒤를 이은 건 우완의 브리튼 워런이었다. 불펜에서 괜찮은 실력을 인정 받고 있는 투수. 5선발 경쟁을 벌이고 있는 선수가 소방수로 들어왔다.

"켐프 홈런, 켐프 홈런!"

4번 타자 켐프가 홈 팬들의 열광적인 응원을 받으며 타석에 들어섰다. 그는 2구째 들어온 슬라이더에 방망이를 휘둘렀다. 공은 미친 듯이 뻗어나갔다. 그대로 담장을 넘어갔으면 좋으려만 우익수 처키의 호수비에 걸려 주루를 멈췄다.

투아웃 2루.

그러나 이닝은 끝나지 않았다. 타석에 들어선 건 1회에 적시타를 친 리베라. 그에 대한 기대감 역시 켐프에 못지 않았다. 볼카운트 3—2. 무려 9구까지 가는 파울 실랑이를 벌이던 리베라. 워런에게 11구까지 가는 파울 놀이 끝에 볼넷을 얻어냈다. 1루로 가는 동안 폭풍 박수가 쏟아졌음은 물론이었다.

주자는 두 명. 2루에 프리먼이 있었으니 안타 한 방이면 한 점을 더 쌓을 기회였다. 눈빛을 가다듬은 알비에스가 타석에 자리를 잡았다.

'지미 아레나도……'

운비는 내셔널리그 최고의 타자로 꼽히는 지미 아레나도를 머리에 그렸다. 2년 연속 40홈런 이상과 130타점 이상으로 전설이 되고 있는 타자였다. 그는 자신의 타격 비결로 자신의 앞에 나오는 타자 조 르이메휴를 꼽았다. 르이메휴가 투수를 흔들어주니 타격하기 쉬웠다던 아레나도…….

지금 알비에스가 딱 그 순간이었다.

11구.

잘하면 한 이닝을 끝낼 수도 있는 투구 수였다. 그 공을 한 타자에게 허비했다. 섬세한 투수라면 투구에 영향을 받을 수 있었다. 그렇지 않더라도 기분이 더러울 건 거의 확실했다.

뻑!

초구는 볼이 되었다. 높았다. 확실히 투수가 영향을 받고 있다는 얘기였다.

'2구……'

운비라면 타격 타이밍이었다. 그 생각은 알비에스와 통했다. 2구로 들어온 포심이 가운데로 쏠린 것. 알비에스의 방망이가 벼락처럼 돌았다.

짝!

공은 우중간으로 뻗어나갔다. 중견수와 좌익수가 뛰지만 닿지 않았다. 펜스 앞에서 떨어진 공을 줍는 사이, 프리먼은 물론 리베라까지 3루를 돌고 있었다.

"런, 런!"

응원 소리로 더그아웃이 흔들렸다. 홈을 앞둔 리베라가 폭풍 슬라이딩을 펼쳤다. 하지만 그 손이 가는 길목에 산체스의 블로킹이 있었다. 공은 거의 동시에 산체스의 미트에 들어온 상황…….

"……?"

모든 시선이 홈으로 쏠린 가운데 마침내 주심의 콜이 나왔다.

"세잎!"

산체스가 발끈했지만 그가 모르는 명백한 사실이 있었다. 리베라의 다른 손이 다리 사이로 들어와 홈 플레이트를 짚었던 것. 리베라는 야생 가젤처럼 펄떡거리며 더그아웃의 축하 세례를 받았다.

6 대 0.

초반 리드를 확실하게 잡는 브레이브스였다.

3회 초.

운비는 가벼운 마음으로 마운드에 올랐다. 점수는 신경 쓰지 않았다. 소야고처럼 모든 걸 책임져야 하는 것도 아니었다. 길어야 3이닝… 편안한 마음으로 타자와의 승부에만 전념했다.

첫 타자 토레스와의 승부는 길었다. 7구까지 가는 승부 끝에 우익수 플라이로 잡았다. 다음은 투수 워런이었다. 플라워스는 서두르지 않았다. 초구 커터로 스트라이크를 잡고, 2구로 체인지업을 던져 스윙을 이끌어냈다. 공 하나를 바깥으로 버려 승부구를 조율한 플라워스. 몸 쪽 공을 요구해 워런을 스윙 아웃으로 돌려세웠다.

투아웃.

이번에는 대니얼 그레고리우스가 들어섰다. 근래 들어 홈런이 늘어난 선수였다. 게다가 투아웃, 한 방을 노릴 수 있으므로 제구를 낮췄다.

볼카운트 2—2.

4구를 체인지업으로 시선을 흩뜨린 운비, 위닝샷으로 패스트 볼을 날렸다.

"……!"

배트를 돌아친 그레고리우스. 중심이 돌아간 몸에서 고개를 돌려 미트를 바라보았다. 150km/h대의 포심이 아니라 143km/h를 찍은 투심이었다. 라이징이 아니라 횡으로 흘러나가는 공… 그레고리우스는 퉤, 침을 뱉고는 물러났다. 운비는 천천히 마운드를 내려왔다.

더그아웃으로 오자 헤밍톤이 주먹을 내밀었다. 운비의 역할이 끝났다는 뜻이었다. 2이닝 무실점. 무엇보다 마무리가 좋았다. 두 타자를 삼진으로 돌려세우며 홈 팬들에게 인상적인 투구를 한 것.

그래서 그런 걸까?

꽤 많은 사람들이 기립 박수를 보내고 있었다. 그 안에는 스칼렛과 차혁래도 보였다. 가슴이 뜨끈해지는 운비. 이래서 야구를 사랑할 수밖에 없는 운비였다.

"아, 황……."

중계석에서는 폼멜이 신음 같은 감탄음으로 운비를 상기시켰다.

"오늘 기록 좀 봐주세요."

폼멜이 글레핀을 바라보았다.

"2이닝 무실점. 피안타 하나에 삼진 네 개. 이거 삼진 비율이 굉장한데요?"

"사실은 방망이 부러뜨리는 비율도 상당하다죠."

리사가 분위기를 띄웠다.

"아, 맞아요. 신들린 커터로 방망이를 네 개나 부러뜨린 적도 있었죠?"

"거기에 리베라의 타격도 뒤지지 않습니다. 초반의 분위기는 황과 리베라가 주도했다고 해도 과언이 아니로군요."

"마지막 삼진은 정말 짜릿한 콜라맛이었습니다. 그레고리우스 얼굴 표정 봤죠?"

"상한 햄버거 패티를 문 얼굴이었습니다. 앞으로 저런 표정 자주 보게 될 겁니다."

중계석의 분위기도 절정에 이르고 있었다. 그럴 법도 했다. 초반이지만 6 대 0. 게임의 흐름은 완전하게 브레이브스 쪽으로 넘어와 있었다.

4, 5, 6회는 소강상태였다. 그게 좋지 않았다. 비록 6 대 0의 리드라도 달아날 수 있을 때는 달아나야 하는 법. 특히 6회의 찬스가 아까웠다. 원아웃 1, 2루의 찬스에서 병살타가 나온 것이다.

숨을 돌린 양키스가 7회 말, 반격에 나섰다. 3번 처키부터 시작되는 클린업트리오 타선이었다. 브레이브스의 투수는 실바가 나와 있었다. 6회부터 나온 실바. 볼넷 하나를 내줬지만 잘 틀어막고 7회로 넘어왔다. 여기서 초구가 몸에 맞는 공이 되었다. 포크볼이 손에서 빠지면서 타자의 옆구리로 들어간 것.

애런 카터를 중견수 플라이로 잡았지만 맥케니에게 다시 볼넷을 허용했다. 요주의 인물 산체스의 타석에서는 불운이 겹쳤다. 루이즈 앞에서 공이 살짝 튀어오른 것이다. 당황한 루이즈가 몸으로 막아 앞에다 떨구었지만 1루에 던지기는 무리였다.

노아웃에 만루.

헤밍톤이 마운드를 체크했지만 투수를 교체하지는 않았다.

"세 점 준다고 생각하고 타자만 상대해라."

헤밍톤이 스니커의 뜻을 전했다. 야구에서 스코어 차이는 의미가 없었다. 10 대 0이든 1 대 0이든 이기기는 매한가지였다.

토레스의 타석. 볼카운트 1-2에서 들어간 회심의 포크볼이 또 문제가 되었다. 밖으로 휘면서 포수가 놓쳐 버린 것. 이렇게 되자 헤밍톤이 다시 마운드로 들어갔다. 이제는 투수 교체였다.

불펜에서 뛰어나온 선수는 불꽃 패스트 볼의 주인공 카브레라였다.

"와아아!"

지난해 카브레라의 인상적인 투구를 기억하는 홈 팬들이 박수로 그를 반겼다. 볼카운트를 이어받은 카브레라. 초구 는 포심을 선택할 수밖에 없었다. 초구가 볼이 되면 돌이킬 수 없는 3—2의 카운트가 되기 때문이었다.

"와앗!"

심호흡을 한 카브레라가 초구를 날렸다.

짝!

토레스의 배트가 전광석화처럼 돌았다. 끝이 거의 보이지 않을 정도의 스피드였다.

"아!"

중계석에서 한숨이 새어나왔다. 맞는 순간, 그 공은 이미 홈런이었다. 토레스는 껑충껑충 뛰며 그라운드를 돌았다. 양 키스의 선수들이 모두 나와 그를 맞아주었다. 한 방에 4점. 대포 하나로 단숨에 코밑까지 추격하는 양키스였다.

그래도 카브레라 입장에서는 다음 타자가 투수라는 게 위안이었다. 카운트 1—2에서 불꽃 직구를 꽂으며 아웃 카 운트를 잡았다. 그것으로 몸이 풀린 카브레라, 그레고리우스 자리에 들어온 유망주와 엘스버리를 삼진과 외야 뜬공으로 처리했다. 폭풍의 7회가 마감되는 순간이었다.

8회 말, 위태롭던 리드에 프리먼이 서광을 보태주었다. 투 아웃에 나와 솔로 홈런을 쏘아올린 것. 한 점이지만 그 무게는 한 점이 아니었다.

9회 초.

마지막 마무리는 존슨이 맡았다. 카브레라와 더불어 불펜
의 원투펀치를 이룬 앤 존슨. 나이처럼 노련한 볼 배합으로
양키스의 타자들을 요리했다. 특히 마지막 타자와의 대결이
압권이었다. 타자의 방망이가 패스트 볼을 때렸다. 공은 투
수 정면으로 날아왔다. 존슨은 본능적으로 글러브를 내밀
었다. 공은 글러브에 맞으며 떨어졌다. 하지만 존슨도 쓰러
지고 말았다.

"우!"

스탠드에서 우려 섞인 신음이 터질 때였다. 재빨리 일어
선 존슨이 맨손으로 공을 집어 1루에 뿌렸다. 타자는 간발
의 차이로 아웃되고 말았다.

"와아아!"

투혼을 본 홈 팬들이 일제히 기립 박수를 보냈다. 존슨은
모자를 벗어 답했다.

6 대 4.

존슨의 매조지로 홈 신장개업식 시범 경기에서 승리를 따
낸 브레이브스. 그 승리의 주역들이 그라운드로 쏟아져 나
오자 팬들은 뜨거운 박수로 맞아주었다.

새 구장에서의 첫 승리. 게다가 신구의 조화로 이루어낸

쾌거. 중계석은 그걸 강조하느라 바빴다. 운비는 빅 리거들 틈에 당당히 서서 팬들의 환호에 답했다. 이제는 여기가 운비의 홈이었다. 쏟아지는 환호성에 늘 공으로 보답해야 했다.

'기분 죽이는데.'

운비는 웃었다. 마침내 경험한 홈구장의 등판. 비록 시범 경기였지만 그 감회는 남달랐다. 이제야 비로소 빅 리거가, 이제야 비로소 브레이브스의 진짜 일원이 된 기분이었다.

'바로 이거야.'

빅 유닛 황운비. 이제는 브레이브스의 역사를 쓸 차례였다.

"건배!"

차혁래가 맥주잔을 들었다. 게임이 끝난 후의 가까운 레스토랑이었다. 운비도 콜라 잔을 들었다. 동석한 리베라와 리사, 스칼렛도 그랬다. 브레이브스의 시즌 개막전은 이제 3일 앞. 첫 상대는 뉴욕 메츠로 결정이 되었다.

원정이었다. 메츠의 홈 오픈 개막전에 브레이브스가 나서는 것.

"스윕해 버리자고."

리베라는 전의에 불타고 있었다.

"아아, 너무 전의에 불타지 말라고. 진짜 빅 리거는 시즌 전체를 내다보고 컨디션 관리를 해야 하니까."

스칼렛이 빙긋 웃었다.

"그나저나 등판 일정 통보받았어?"

리베라가 운비를 돌아보았다.

"아직."

"뭐야? 5선발이라더니… 감독이 데뷔전 상대를 고르는 건가?"

"흐음, 웬 조바심? 테헤란하고 콜론만 결정된 거 같던데?"

"푸헐, 토모도 전달받았을걸? 그 인간은 음흉한 구석이 있으니까."

"그럼 내게도 연락이 오겠지. 뭐……."

"하긴. 넌 매번 드라마틱하게 통보가 오니까."

리베라가 웃었다.

"그나저나 오늘은 진짜 죽여줬다. 특히 마지막 두 타자……."

차혁래가 운비를 바라보았다.

"으음… 실은 조금 더 던지고 싶었어요."

운비가 응수했다.

"나도 그렇게 기대했는데 2이닝이라 좀 아쉬웠어요. 아무래도 하트 단장의 농간이었겠지만."

리사도 대화에 들어왔다.

"그럴 거야. 그 친구… 빵빵한 루키들을 차례로 선보이면서 자기 능력을 과시하고 싶었겠지. 우리 리빌딩 이렇게 잘 되고 있다. 그러자니 황에게 오랜 이닝을 맡기기는 어려웠지."

스칼렛은 하트의 속을 들여다본 듯 말했다.

"그랬을 거예요. 하트 단장의 주특기잖아요. 그래서 귀엽기도 하고……."

"귀여워요? 오버액션 때문에 오바이트 쏠릴 판인데……."

리베라가 몸서리를 쳤다.

"어쨌든 브레이브스의 체질을 바꿨잖아요. 두 사람도 그 태풍의 한 줄기이기도 하고."

"그건 인정해요. 나는 BFP의 프로그램에 만족하니까."

운비는 긍정적으로 생각했다.

"5선발이면 말이야……."

차혁래는 더 참지 못하겠다는 듯 스케줄 표를 꺼내놓았다.

첫 대진은 메츠와의 3연전.

그다음은 바로 파이리츠와 3연전, 하루를 쉰 다음에 같은 동부 지구의 마린스와 2연전이 펼쳐진다. 그 뒤로는 하루 쉬고 파르디스와 4연전이 이어질 예정이었다. 고참들은 일정표를 보며 몸서리쳤지만 운비는 가슴이 뛰었다. 당장에라도 마운드를 밟고 싶은 것이다.

"5선발이면 파이리츠와의 3연전 2차전에 들어가야 하는 거 아니야?"

차혁래가 운비를 바라보았다.

"메츠와의 3차전에 나갈 수도 있죠."

다른 의견을 낸 건 리사였다.

"메츠와의 3차전요? 거긴 가르시아나 딕키가 들어가는 거 아닌가요?"

"순서만 보면 그렇지만 오늘을 생각하면 다르죠."

"오늘?"

차혁래가 고개를 들었다.

"아까 내가 스니커에게 슬쩍 물었는데 메츠와의 3차전 투수를 더듬더라고요. 지금쯤은 결정을 했겠지만 오늘부터 5~6일 후임을 고려하면 황이 될 수도 있어요. 우리 중계진들이 체크한 결과 현재 황의 구위가 3선발급이거든요."

"……"

"뭐 현재가 그렇다는 거예요. 앞으로는 1선발까지도 올라가야겠지만요."

"진짜 그렇게 나왔습니까?"

"차 기자 판단은요?"

리사의 시선이 차혁래에게 꽂혔다. 코리아의 야구 전문

기자. 그 능력이 궁금한 모양이었다.

"저도 3선발급으로 봤습니다. 시범 경기 기간의 구위와 성적, 기타 빅 리그 전체 분위를 조합하면요."

"말이 통하는데요?"

리사가 주먹을 내밀자 차혁래가 마주쳐 주었다. 메이저리 그의 인사까지 익힌 차혁래였다.

"어쩌면 리사 말이 옳을지도 모르지. 3선발로 예정한 딕 키를 파이리츠와의 개막전에 내보낸다면 말이야."

스칼렛도 거들었다. 운비는 신인. 아무래도 원정 경기의 개막전보다는 2, 3차전이 부담이 덜 할 수 있었다.

"아, 다들 너무 황만 챙기는 거 아닌가요? 나도 신인왕에 거론되는 몸이신데……."

듣고 있던 리베라가 볼멘소리를 냈다.

"어이쿠, 그럴 리가… 리베라가 점수를 내야 황이 승리투 수가 되지. 투수가 제아무리 잘 던져도 타자의 협조가 없으 면 무승부나 딸 일이지."

눈치 빠른 차혁래가 재빨리 비위를 맞춰주었다.

그때 운비의 전화가 울렸다.

"헤밍톤?"

운비가 반응하자 동석자들의 시선이 운비에게 쏠렸다.

"여기 제 숙소 근처 레스토랑인데요?"

운비는 몇 마디 나누고 전화를 끊었다.

"왜?"

스칼렛이 물었다.

"지금 온다는 데요?"

운비가 대답했다.

"등판 일정 통보네요."

리사가 말했다.

그 말이 끝나기도 전에 헤밍톤이 등장했다.

"이야, 스칼렛도 있군요. 리베라에 리사까지? 아, 그리고 코리아의 기자님도……."

"안녕하세요?"

차혁래가 인사를 전했다.

"자리 비켜줘?"

미리 알고 물어보는 스칼렛.

"아닙니다. CIA의 일급비밀도 아닌데요, 뭐."

헤밍톤은 운비 옆에 앉으며 그 콜라를 들어 한 모금 마셨다.

"그럼 뜸 들이지 말고 공표하시게."

스칼렛이 슬쩍 압력을 행사했다.

"메츠 3차전!"

헤밍톤이 잘라 말했다.

"메츠 3차전이면 리사와 스칼렛이 옳았잖아요?"

리베라가 즉각 반응을 했다.

"흐음, 역시 두 사람은 못 당한다니까."

"아직 선발 순서를 고정시키지 못한 모양이군?"

"맞습니다. 딕키와 가르시아, 블레어의 컨디션이 다 올라오지 않아서… 개막 초기 몇 게임은 과도기로 가다가 정착시키려고요."

"아무튼 시작은 황이 3선발이군요?"

리사가 헤밍톤을 바라보았다.

"그런 셈이지."

"앞으로도 그럴 수 있고요?"

"그것도 그렇지. 1, 2선발이라는 게 연봉이나 나이로 결정되는 건 아니니까."

"축하해요. 황, 어쨌든 넘버 쓰리로 시작이에요."

리사가 손을 내밀었다. 운비는 그 축하를 받았다.

"황!"

헤밍톤의 시선이 운비에게 건너왔다.

"예……."

"3연전의 3차전… 어떻게 생각하나?"

"무조건 이기겠습니다."

"그래야지. 사실 메츠와의 3연전에 투입하자고 한 건 내

주장이었다네."

"……?"

"하지만 알아두게. 3연전의 3차전은 1차전만큼이나 중요한 경기라는 거."

"1, 2차전에 지면 3차전에 엄청난 중압감이 쏟아지지요. 3차전까지 지면 싹쓸이 스윕… 반대로 1, 2차전을 이겨도 3차전에 기대감 집중. 3차전까지 건져서 스윕을 시키고 싶어지니까."

설명은 리사의 입에서 나왔다. 이해가 되었다.

1차전…….

3연전의 1차전은 중요하다. 첫 게임을 어떻게 페느냐에 따라 경기 운영이나 사기에 영향을 미친다. 2연패를 당하면 3차전은 1차전보다 중요해진다. 3연패는 어느 팀에게나 치명적이기 때문이었다.

1승 1패가 되어도 다르지 않았다. 3차전을 이기면 위닝시리즈요 지면 루징시리즈가 되는 것이다.

"당분간 자네 등판 간격은 5~7일 간격으로 조정될 걸세. 그렇게 한 달 정도 게임을 치루면서 등판 순서와 간격이 확정될 거야."

"알겠습니다."

"그럼 이야기들 나누세요. 나는 또 가볼 데가 있어서."

헤밍톤은 운비 어깨를 두드려 주고 일어섰다.

"축하해요, 3선발!"

헤밍톤이 멀어지자 리사가 잔을 들었다.

"나도. 이참에 그대로 3선발 먹어버리라고."

리베라는 자기 일처럼 좋아했다.

"흐음, 죽여주는 소스인데. 일단 3선발 시작이라… 기삿거리가 마구마구 넘치잖아."

차혁래도 싱글벙글이었다.

"스칼렛."

운비가 스칼렛을 돌아보았다.

"내 생각도 같다. 이것도 기회야. 몇 선발이냐는 중요하지 않지만 4, 5번에 서는 거보다 3번에 서는 게 좋지. 7, 8번 타자보다 1, 2, 3번 타자가 좋아보이듯 말이야."

스칼렛이 웃었다. 언제나처럼 푸근한 미소. 하지만 오늘은 더욱 부드럽게 느껴졌다.

─메츠와의 개막 3연전.

─운비는 3차전 선발 등판.

등판이 결정되었다.

메츠와 만난다.

시범 경기 때 운비를 반전시켜 주었던 그 메츠. 콜라가 한 잔 들어가자 위장이 화끈하게 진동을 했다. 그 여파는 바로 심장까지 미쳤다. 스칼렛의 말이 옳았다. 몇 선발이냐는 중요하지 않았다. 하지만 기왕이면 앞쪽이 좋았다.

'이긴다.'

운비는 무릎 위에 놓인 주먹을 터져라 쥐었다. 좋은 투수가 되는 법. 그 방법은 수도 없이 많았다. 그러나 가장 중요한 건, 기회가 왔을 때 공을 보여주는 거였다. 팀이 바라는 승리. 그걸 쟁취해 내는 투수가 바로 좋은 투수. 그건 빅 리그에서도 진리에 속했다.

6. 시즌 개막 3연전

남은 시간은 6일.

운비는 트레이너와 코치들의 참여하에 꼼꼼하게 컨디션 관리에 들어갔다.

95.

운비에게 허용된 최대 한계 투구였다. 특별한 사정이 없는 한 운비는 95개의 투구를 하고 마운드를 내려오는 것으로 정해졌다. 공의 개수는 날씨가 따뜻해지면 100개 정도로 올라갈 예정이었다.

빅 리거…….

이제야 그걸 실감했다. 등판일에 최적의 컨디션이 되도록 생체리듬을 맞추는 것이다. 팀은 특히 운비에게 많은 투자를 해주었다.

루키이기 때문이었다. 지난 시즌, 운비는 마이너리그에서 많이 뛰지 않았다. 더구나 빅 리그의 레이스는 처음. 장기 레이스를 치러보지 않았기에 페이스 조절도 중요했다. 한 게임만 던지고 마는 투수는 필요 없었다.

가을까지 달리는 머나먼 여정. 그동안 꾸준하게 자기 몫을 해줄 투수가 필요했다. 그게 바로 1, 2, 3, 4, 5선발의 미덕이었다.

기다리는 시간은 총알처럼 흘러갔다.

개막전이 이틀 남은 날, 서울에서 가족들이 총출동을 했다. 윤서와 황금석, 방규리 등이 그들이었다. 박 감독은 전화로 아쉬움을 전해왔다.

운비의 데뷔전을 꼭 보고 싶지만 박 감독은 이끌어야 할 선수들이 있었다.

소야도의 곽민규에게는 문자로 인사를 대신했다. 답은 오지 않았다. 이제는 익숙해진 운비였다.

'잘할게요.'

바른 다짐으로 아쉬움을 달랬다.

"운비야!"

공항에 도착한 윤서가 훌쩍 날았다. 날렵한 그녀는 운비의 목을 안고 놓아주질 않았다.

"축하해."

두 손으로 미친 듯이 운비 볼을 문지르는 윤서.

"얘, 적당히 해라. 우리 운비 스캔들 나겠다."

지켜보던 방규리가 웃었다.

"나라지. 엄마, 운비랑 나랑 어울리지 않아?"

한 술 더 뜬 윤서가 운비 팔짱을 끼며 포즈를 잡았다.

"안 되겠네. 진짜 남자 하나 붙여주든지 해야지."

운비가 장난스레 고개를 저었다.

가족들은 윌리 윤이 운전하는 밴에 올랐다. 차는 구단에서 내주었다. 초고액 연봉자는 아니지만 운비는 각종 편의 사항을 제공받고 있었다. 가족들의 비행기 티켓 또한 구단에서 내준 것이었다.

운비의 사택에 도착하자 방규리가 짐을 풀어놓았다. 운비를 위해 서울에서 공수한 한국산 식품들이었다.

"우와!"

운비의 입이 쩍 벌어졌다. 토종 간장으로 재운 불고기부터 손맛이 가득 담긴 김치까지 없는 게 없었다.

"우리 메이저리거님 입맛에 맞으려나 몰라."

방규리가 두 팔을 걷어붙였다. 운비는 바로 스칼렛과 리베라에게 전화를 했다. 둘은 그리 먼 곳에 있지 않았으니 바람처럼 달려왔다.

파티가 열렸다. 리베라는 물 만난 고기처럼 테이블을 장악하고 다녔다. 김치를 제외하고는 한국 음식이 입에 익은 리베라였다.

"고맙습니다, 스칼렛."

방규리는 달콤한 아이스 와인을 스칼렛에게 권했다. 아주 정중한 모습이었다.

"내가 뭘요? 황 덕분에 스카우트 인생을 행복하게 마감해서 고마울 지경인데……."

"트레이드를 막아준 것도 스칼렛이라고 들었습니다."

"그거야 하트 단장의 짓궂은 장난이지요. 그도 아마 황의 분발을 바라는 액션이었을 겁니다."

"아무튼 앞으로도 잘 부탁드립니다."

"허헛, 이제는 내가 황에게 부탁을 해야죠. 내 가치가 황에 의해 평가될 테니까요."

"으음… 저도 있는데 말이죠."

갈비를 입에 문 리베라가 존재감을 피력했다.

"그렇지. 자네들 둘… 부디 브레이브스의 미래를 바꿔주게나."

"언제부터요?"

"뭐 기왕이면 올해부터?"

"그러자면 일단 이 갈비 접시부터 채워주셔야… 타격의 원천은 식욕이거든요."

리베라는 빈 접시를 보며 익살을 떨었다.

"그건 걱정 마. 저 아이스박스 속에 가득 들었으니까."

윤서가 커다란 아이스박스를 가리켰다.

"흐음… 오늘 밤은 왠지 저 박스 속에 푹 빠지고 싶단 말이죠."

"알았으니까 많이 먹고 우리 운비 도우미 역할 좀 많이 해줘."

윤서는 리베라 앞에 갈비를 산처럼 쌓아놓았다.

"으아, 해피, 베리베리 해피!"

리베라는 몸서리를 치며 갈비를 집어 들었다. 그의 먹성만큼이나 푸짐한 밤이 깊어갔다.

*   *   *

"와아아!"

"우와아!"

메츠의 홈은 열광의 도가니로 가득 찼다. 겨우내 기다린 그라운드의 봄.

마침내 베이스볼의 시즌이 열린 것이다. 메츠 구장의 심볼은 애플이었다. 구장의 좌익수 뒤 스탠드에는 영구결번의 레전드 번호가 걸려 있다.

이 구장의 재미난 점은 메츠 선수들이 홈런을 치면 어마어마한 홈런 애플이 떠오른다는 것. 물론, 운비는 그 애플을 보고 싶지 않았다.

메츠는 다양한 오픈 이벤트를 실시했다. 그 또한 보는 재미가 있었다.

개막전 메츠의 멤버는 찬란했다.

톱타자는 언론의 발표대로 그랜더슨이 나왔다. 브레이브스의 선발 테헤란이 우투인 까닭이었다.

그랜더슨은 어느새 마흔을 바라보는 나이. 풀타임은 아니지만 우투수를 상대로 꾸준히 출장했는데, 개막전이니 그의 관록을 기대하는 포진이었다. 나아가 일종의 팬 서비스이기도 했다.

그와 테이블세터를 이루는 2번 타자는 카브레라.

브레이브스 불펜의 광속구 투수와 이름이 같은 그는 작년 시즌에는 하위권 타선으로 시작했지만 올해는 2번으로 올라왔다.

3번의 라이트도 뜻밖이었다. 메츠의 팬들은 그가 상위 타선에 포진하는 걸 원치 않았지만 코칭스태프는 3번으로 밀

었다. 그렇다면 수술 후의 실전 적응이 좋다는 의미이기도
했다.

4번은 말할 것도 없이 세스페데스다. 골든 글러브급의 수
비와 실버 슬러거급의 막강 공격력을 자랑하는 세스페데스.
메츠 타선의 핵으로 공격력과 컨택, 파워가 모두 A를 찍는
요주의 인물이었다.

5번의 워커는 홈런 생산자. 6번의 두다 또한 플로레스와
함께 우투 때 플래툰으로 나오는 선수. 7, 8번을 지나 9번에
는 투수 신더가드가 이름을 올렸다.

금발의 뒷머리를 휘날리는 신더가드. 얼핏 보면 영화배우
를 연상케 하는 호남이었다. 161㎞/h의 직구와 150 후반대
의 싱커, 153을 찍는 슬라이더.

제구도 그리 나쁘지 않지만 구속도 만만치 않은 특급 선
수였다.

한마디로 총력전.

개막전에서 지고 싶은 감독은 어디에도 없었다. 선수도
그랬다. 더구나 이제는 시범 경기가 아니었다. 너무나 당연
한 말이지만 지면, 1패를 먹는 것이다.

양측 선수들이 그라운드로 나와 인사를 했다.

"와아아!"

팬들의 환호와 함께 메츠의 나인들이 녹색 그라운드로

뛰었다.

달랐다.

시범 경기의 여유로운 느낌은 어디에도 없었다. 수비 위치에 선 메츠의 선수들은 마치 철옹성의 거인들처럼 보였다. 연습구를 뿌리는 신더가드는 더욱 그랬다.

뻑! 뻑!

미트를 뚫고 나갈 듯 울려퍼지는 강력한 구속… 저 공을 과연 때려낼 수 있을까?

그러나 그들만 전사인 건 아니었다. 유유히 걸어나가는 브레이브스의 인시아테 또한 불타는 혜성처럼 보였다. 이제는 출동이었다.

시즌 마지막 날, 그때 웃는 승자가 되기 위한 첫걸음. 마침내 그 쟁패의 서막이 올랐다.

주심의 콜이 나오고, 신더가드가 시즌 초구의 와인드업에 들어갔다.

"헤이!"

리베라가 다가와 운비에게 어깨동무를 했다.

"긴장되냐?"

리베라가 물었다.

"너야말로?"

"그렇다, 왜?"

"흐음, 너도 그렇단 말이지?"

"저기 봐라. 네 가족만 와 있는 건 아니거든."

리베라의 손이 1루 스탠드를 가리켰다. 거기 나란히 앉은 운비 가족과 리베라의 엄마, 여동생이 보였다. 그의 가족들도 개막 시즌에 구단의 초대를 받은 것이다.

"네 여동생에게 홈런 공이나 하나 안겨라."

"홈런은 몰라도 안타는 하나 이상. 멀티면 더 좋고."

리베라는 욕심내지 않았다. 하지만 운비는 알고 있었다. 저건 그저 표면적인 반응일 뿐이다.

저 말 속에는 분명, 펜스를 넘어가는 홈런의 꿈이 들어 있는 게 틀림없었다.

의대 진학을 앞둔 여동생을 끔찍하게 사랑하는 리베라. 먼 길을 온 그녀에게 꼴랑 안타를 안겨주고 싶을 리 없었다.

짝!

순간, 인시아테의 방망이가 돌았다. 공은 시원하게 날아갔지만 중견수에 가까웠다. 타구를 판단한 중견수가 팔을 쭉 뻗어 공을 잡아냈다. 너무 정면이었다. 그래서 아쉬운 타구였다.

스완슨의 타구는 먹힌 타격이 되었다. 공의 속도가 죽으며 유격수에게 걸렸다.

3번으로 나온 프리먼은 슬라이드에 말려 1루수 파울플라이로 물러났다. 신더가드의 슬라이더는 비수처럼 날이 제대로 서 있었다.

1회 말 테헤란이 마운드에 서자 운비의 혈관이 짜릿해졌다. 마치 운비가 마운드에 선 기분이었다.

'부탁해요.'

노장 콜론과 딕키가 있지만 투수들의 심장을 이루는 테헤란. 같은 투수로서 그의 호투를 바랬다. 다행히 테헤란의 구위도 신더가드에 못지않았다. 둘은 4회까지 팽팽한 투수전을 펼치며 점수를 주지 않았다.

균형을 깬 건 겁대가리 상실한 브레이브스의 루키들이었다.

5회 초, 스완슨이 싱싱한 모터에 시동을 걸었다. 신더가드의 슬라이더를 노려 좌측 펜스까지 구르는 3루타를 작렬시킨 것.

3루 베이스에 올라선 스완슨이 두 팔을 뻗자 브레이브스 스탠드가 끓어올랐다.

"와아아!"

함성은 그칠 줄을 몰랐다.

노아웃 3루.

절호의 찬스에서 리베라가 나왔다. 아직 제대로 된 타구를 치지 못한 리베라. 카운트를 잡으러 들어오는 변화구를 받아쳐 투수 키를 넘겼다. 히트가 되면서 스완슨이 선취점을 올렸다. 리베라의 빅 리그 첫 안타이자 타점이었다.

살짝 기분을 버린 신더가드, 공이 몰리며 프리먼에게 장타를 내주었다. 이번에는 중견수와 우익수 사이를 가르는 2루타였다. 발 빠른 리베라가 홈을 밟으면서 브레이브스가 2점을 앞서기 시작했다.

스코어 2 대 0.

7회 초.

브레이브스는 다시 절호의 찬스를 잡았다. 루키 루이즈가 안타를 치고 나간 후에 신더가드의 체인지업이 뒤로 빠졌다. 루이즈는 재빨리 2루까지 뛰었다.

원아웃 2루.

그러나 테헤란이 병살타를 치면서 아쉽게도 추가 득점에 실패했다.

그게 빌미가 된 걸까?

7회 말.

91구를 던진 테헤란이 다시 마운드를 밟았지만 시작이 좋지 않았다. 초구가 손에서 빠지면서 타석의 신더가드를 맞히고 말았다.

메츠는 2실점으로 호투하던 신더가드 대신 대주자를 내보냈다. 메츠의 승부수가 시작된 것이다.

구위가 떨어진 테헤란, 1번 그랜더슨과의 10구까지 가는 파울 실랑이 끝에 볼넷을 내주었다. 이어 카브레라의 먹힌 타구가 3루수 몇 발 앞에서 거짓말처럼 멈추는 통에 내야 안타까지 먹고 말았다.

노아웃 만루.

브레이브스의 불펜이 가동되기 시작했다.

첫 구원은 카브레라가 맡았다. 등장 음악과 함께 카브레라가 나왔다. 방금 안타를 치고 나간 메츠의 카브레라와 같은 이름.

그러나 브레이브스의 카브레라는 메츠의 공세를 막아야 하는 입장이었다.

3번 타자 라이트는 다행히 뜬 공으로 잡았다. 좌익수 낮은 플라이라 3루 주자가 움직이지 못했다.

원아웃 만루.

한숨을 돌릴 사이도 없이 세스페데스를 만났다. 메츠의 홈 팬들이 훌쩍 달아올랐다. 그라운드는 이내 팽팽한 긴장감으로 가득 차버렸다. 어쩐지 홈런이라도 칠 것 같은 분위기. 타석의 세스페데스가 내뿜는 중압감은 보통이 아니었다.

"볼!"

심판의 첫 콜은 볼이었다. 바깥쪽 좋은 코스였지만 공 반

개 정도가 빠졌다. 오늘 심판은 아웃코스에 야박한 편이었다. 3루를 슬쩍 바라본 카브레라가 2구를 던졌다.

짝!

가운데 살짝 낮게 들어간 패스트 볼. 세스페데스는 그 공을 정확하게 걷어올렸다.

'아!'

운비 입에서 신음이 나왔다. 정타는 아니지만 코스가 좋았다. 우익수와 중견수가 질주하지만 공은 중견수의 다이빙 캐치를 넘어갔다. 메츠의 3루 코치는 풍차처럼 팔을 돌렸다. 3루 주자가 들어가고, 2루 주자가 홈으로, 이어 1루 주자도 홈을 노렸다.

하지만 거기 리베라가 있었다. 펜스 플레이 후에 공을 잡아 단숨에 홈까지 던진 것.

"아!"

이 탄식은 메츠 중계석에서 나왔다. 캐스터는 긴장감을 못 이겨 벌떡 일어서 있었다. 1루 주자는 전력 질주했지만 리베라의 공이 한 뼘 더 빨랐다.

"아웃!"

주심의 콜이 메츠 응원석의 열기에 찬물을 뿌렸다. 두 점을 내주었지만 소중한 아웃 카운트 하나를 올리는 리베라였다.

"굿 잡!"

운비가 리베라를 향해 외쳤다. 리베라는 아무 일도 아니라는 듯 담담하게 자신의 포지션으로 돌아갔다. 메츠의 기세는 거기서 멈췄다. 워커가 친 공 역시 쭉 뻗었지만 좌익수가 담장 앞에서 기다리다 포구를 했다.

게임 스코어 2 대 2.

두 점을 주었다. 그래도 나름 선방한 브레이브스의 마운드였다.

그러나 승리의 여신은 끝내 메츠 편이었다. 9회 초, 투아웃 이후에 안타를 친 브레이브스는 후속타를 내지 못하고 정규 이닝을 마감했다.

스니커 감독은 카브레라 다음에 존슨을 올렸다. 2 대 2로 맞서 있으니 포기할 수 없는 게임이었다. 승부는 어이없게 초구에 갈렸다. 9회 말, 타석에 등장한 두다. 이전까지의 무안타를 만회라도 하려는 듯 존슨의 초구를 받아쳤다.

원래도 장타력을 겸비한 두다. 그 공은 리베라를 향해 쭈욱 날아갔다.

타구 방향을 감지한 리베라가 펜스까지 뛰어가 점프했지만 공은 글러브를 넘어가 펜스 뒤의 관중석에 떨어지고 말았다. 착지한 리베라는 펜스에 기댄 채 분루를 삼켰다.

투수전 끝에 3 대 2 석패.

호투한 테헤란에 비해 타선의 추가득점이 아쉬웠다. 결국 메츠가 개막전 승리를 가져가고 말았다.

이날 또 다른 코리언 빅 리거 우승환도 출발이 좋지 않았다. 카디널스의 수호신으로 불리는 그가 무려 쓰리런 홈런을 맞은 것. 타선 덕분에 승리투수가 되었지만 멋쩍은 일이었다.

첫 끗발은 개 끗발.

운비는 속어를 위로로 삼았다.

2차전은 1차전과 반대 분위기였다.

선발로 나선 노장 콜론은 1회 초 투아웃 이후에 투런 홈런을 허용했다. 브레이브스의 더그아웃에 어두운 기운이 번졌지만 오래가지 않았다.

그 후로 안정을 되찾으며 6회까지 선방한 콜론이었다. 브레이브스는 5회를 채우는 동안 메츠의 원투펀치로 불리는 매트를 맞이해 2안타의 빈공에 시달렸다.

그러다 7회 들어 1점을 올리며 따라붙었다. 그 타점은 리베라의 희생타였다.

스코어 2 대 1.

9회 초, 메츠의 수호신 파밀리아가 마운드에 올랐다. 지난해 50세이브를 올린 정상급 마무리. 파워풀한 싱커의 구속이 161㎞/h을 찍는가 하면 슬라이더와 스플리터도 정상급이었다.

인시아테는 7구까지 가는 승부 끝에 유격수 땅볼로 물러났다. 하지만 그 뒤에 스완슨이 있었다. 볼카운트 투낫씽에서 들어온 3구 싱커를 쳐 좌익 선상에 떨어뜨렸다. 안타가 되면서 브레이브스의 반격의 불씨가 피어올랐다.

그 불씨에 화력을 더한 게 메츠의 3루수였다. 메츠의 구멍으로 불리는 3루 수비. 프리먼의 직선타를 막았지만 포구에 실패하고 말았다. 땅에 떨어진 공을 주워 들었을 때, 프리먼의 발은 이미 베이스를 넘고 있었다.

원아웃 1, 2루. 역전 주자가 나간 브레이브스였다.

절호의 찬스에 켐프가 들어섰다. 어제 메츠의 장면을 연상케 하는 순간이었다. 브레이브스의 더그아웃은 숨을 죽였다. 장타가 터지면 역전도 가능하고 안타라고 해도 동점이 될 순간이었다. 브레이브스의 불펜 또한 분주해졌다. 카브레라에 이어 크롤과 로드리게스, 존슨까지 몸을 풀었다. 동점타 이상이 나오면 다시 총력전이 될 판이었다.

카운트는 켐프에게 불리했다. 첫 공에 스윙을 한 켐프. 2구로 들어온 싱커에 당하며 투낫씽이 되었다. 하지만 이후에 파울 하나를 걷어내며 침착하게 공을 골라 2—2를 만들었다.

그리고…….

6구로 들어온 슬라이더에 배트 궤적을 완벽하게 맞춰 버렸다.

짝!

타격음과 함께 공은 중견수 쪽으로 날았다. 중견수가 몸을 돌려 공을 쫓아갔지만 잡을 수 없었다.

"런, 런!"

스탠드와 브레이브스 더그아웃이 합창을 했다. 2루 주자가 들어오고 1루 주자도 홈을 밟았다. 켐프가 2루 베이스 위에서 포효할 때, 스코어보드는 3 대 2로 역전을 가리키고 있었다.

"와아아!"

브레이브스 더그아웃이 펄펄 끓기 시작했다.

마지막 9회 말.

그 또한 손에 땀을 쥐게 하고 혈관을 얼게 만들었다.

허리 셜록 크린트에 이어 원 포인트 저격수로 나온 투산이 우타자를 2루수 땅볼로 처리하고 나왔다. 그의 너클성 체인지업이 통한 것이다. 그 뒤를 이어 존슨이 투입되었다. 이틀 연속 뒷문을 수습하러 나온 존슨. 하지만 오늘도 컨디션이 그리 좋은 편은 아니었다. 두 타자를 연속 볼넷으로 내보내며 애를 태우더니 그다음 타자에게 천금의 더블플레이를 이끌어냈다. 슬라이더로 3루 앞 땅볼을 만들어 게임을 종결한 것.

3 대 2.

1점 차의 쫄깃한 승리. 승은 콜론에 이어 던진 크린트가 가져갔다.

브레이브스는 어제의 패배를 설욕했다.

1승 1패.

사이좋게 승을 배분한 두 팀…….

이제 두 팀은 서로 동상이몽을 꾸기 시작했다. 3차전에서 승리하면 누구든 위닝시리즈. 시즌을 산뜻하게 시작할 수 있게 된 것이다.

황운비 VS 렛 하피.

이채로운 대결구도가 성립되었다. 빅 리그에 첫선을 보이는 운비. 그리고 이미 빅 리그를 한번 휘저었던 하피.

렛 하피……

그는 사실 가까운 과거에 메츠의 에이스였다. 이번에 부활에 성공한 류연진이 빅 리거가 되었을 때, 둘은 맞짱을 뜬 적이 있었다. 그때, 류연진이 승리투수가 되었다. 그건 한국에서 굉장한 뉴스가 되었다.

당시 렛 하피는 사이영 상 4위에 등재되고 올스타에 선정되는 등 활황기를 누리고 있었다. 특히 홈에서 강해 메츠 팬들의 사랑을 한 몸에 받았다. 부드러운 딜리버리를 바탕

으로 포심과 투심 패스트 볼을 주 무기로 뿌리고 슬라이더
와 커브, 체인지업까지도 플러스급인 투수였다. 당시 나이
로 보았을 때 영건이었던 하피. 메츠의 미래로 불리기에 충
분하고도 남았다.

이제는 파워를 앞세운 피칭으로 타자를 윽박지르기보다
맞춰 잡는 경제적 투구로 전환한 하피. 관록만으로 본다면
운비는 하피의 상대가 되지 못했다.

그러나 하피 역시 신인에서 바로 두각을 나타내며 빅 리
그를 휘어잡았던 투수. 운비라고 그런 투수가 되지 말라는
법은 없었다.

하피와의 맞짱.

류연진이 그랬던 것처럼 운비도 맞대결의 승을 꿈꾸고 있
었다. 지기 위해 등판하는 선발은 없는 것이다.

"황!"

밤이 이슥해졌을 때 헤밍톤이 호텔 방으로 찾아왔다. 운
비는 리베라와 테니스공으로 내기를 하고 있던 참이었다.

"코치님."

운비가 고개를 들었다.

"분위기 좋아 보이는군?"

헤밍톤이 소파에 엉덩이를 걸쳤다.

"코치님은 아닌 거 같은데요?"

리베라는 이런 순간에도 돌직구다.

"개막 3연전이잖나? 자네들이야 아직 몰라서 그렇지 시즌 막판의 포스트 시즌 티켓 결정 때만큼이나 긴장된다네."

"황의 컨디션 점검이라면 문제없습니다. 제가 보증하지요."

리베라가 선수를 쳤다.

"그 때문에 온 건 아니야."

"그럼?"

"황의 성격이야 이제 잘 알지. 하지만 경험이라는 거… 의외로 필요할 때가 많거든."

"……."

"개막 3연전의 마지막 게임……."

"……."

"너무 많은 의미는 부여하지 말고 하던 대로 던지게. 뭐든 의미를 많이 부여하면 부담이 될 수 있어서……."

"흐음, 우리 슈처 코치는 왜 그런 말을 해주지 않을까요?"
리베라가 어깨를 으쓱해 보였다.

"타자들은 잘하고 있나 보지. 특히 자네……."

"하핫, 땡큐……."

"황!"

헤밍톤의 시선이 운비를 겨누었다.

"예."

"내 말 알아들었지?"

"그럼요."

"아침에 눈을 보면 알겠지. 푹 잤으면 내 말을 따른 거고 토끼 눈이 되었으면 그렇지 않은 거고……."

"걱정 마십시오. 한 12시까지 잘 수도 있으니까요."

운비가 웃었다.

"오케이, 내일 보자고."

헤밍톤이 나갔다.

"으음… 타격 코치도 헤밍톤처럼 배려심이 강하면 좋은 데……."

리베라도 부럽다는 듯 어깨를 으쓱이고는 자기 방으로 돌아갔다. 혼자 남은 운비가 핸드폰을 점검했다. 황금석 부부와 윤서의 문자가 들어와 있었다. 전화기를 내려놓고 테이블 위의 게임기를 집어 들었다. 괜히 On 스위치를 밀어본다.

삐빗!

반가운 소리는 나지 않았다. 가끔은 스칼렛도 그런다고 했다. 이제는 그냥 습관이 되었다고 한다. 운비도 그랬다.

내일…….

드디어 빅 리거로서의 첫 등판이었다. 눈을 감았다. 잠을 잘 자는 것도 좋은 투수가 되는 길. 그조차 좋은 투수가 되는 길이라면 사양할 수 없었다.

운비의 밤이 깊어갔다.

루틴…….

선발투수로서의 루틴이 시작되었다. 운비는 조금 일찍 일어났다. 가벼운 트레이닝으로 몸을 풀고 아침을 먹었다. 방규리가 차려준 한국식은 입맛을 돌게 하는 데 도움이 되었다. 역시 한국 사람이다. 한두 시간 정도 자료를 보고 음악도 들으며 기분전환을 했다.

so sand up, for the champions

for the champions…….

운비의 등장 음악인 노래였다. 이제부터 운비가 마운드에 서면 이 노래가 나온다.

'양키스의 리베라처럼…….'

기분 끝내줬다.

즐거운 상상으로 마음을 다졌다.

점심은 간단히 챙겨 먹었다. 그 또한 방규리의 바람이었다. 그렇다고 가족들이 과도한 관심을 준 건 아니었다. 윤서는 이미 빅 리거들의 일상생활을 알고 있었다. 그렇기에 꼭 필요한 것 외에는 관여하지 않았다.

오후 2시 반.

경기장을 향해 출발했다.

"어이, 황!"

클럽하우스에서 켐프가 운비를 반겼다.

"컨디션 어때?"

또 다른 리더 필립스도 운비를 챙겼다.

"좋습니다."

운비가 웃었다.

"좋아. 공도 그렇게 던지라고. 방글방글 웃는 표정으로……."

필립스가 운비 등을 쳐주었다.

"누나는?"

리베라가 물었다.

"너 우리 누나에게 마음 있냐?"

"마음이야 있지만……."

"그래. 잘 생각했다. 주제를 알고 네 동생이나 잘 챙겨라."

농담을 주고받으며 유니폼을 걸쳤다.

그라운드는 고요했다. 텅 빈 관중석은 긴장감이 역력했다. 스탠드도 알고 있다. 저녁이면, 여기서 피를 튀기는 승

부가 벌어진다는 것. 둘 중 한 팀은 루징시리즈를 감수해야
하는 것이다.

스트레칭을 했다. 오늘 선발 포수는 플라워스. 아직 도착
하지 않았지만 걱정 없었다.

레오가 나와 있는 것이다. 함께 발맞춰 스트레칭을 했다.

"오, 오늘 유연성 죽이는데?"

레오가 운비의 자세를 도와주었다. 그는 한마디로 투수친
화형이다. 온 지 얼마 되지 않지만 거의 모든 투수들이 좋
아하고 있었다. 아, 딱 한 명은 예외였다.

딱, 따악!

번트 연습과 배팅 연습이 시작되었다. 내셔널리그의 투수
들은 타석에 서기 때문이다. 번트는 생각보다 쉽지 않다. 연
습하고도 다르다. 운비는 상황을 그리며 열중했다. 스코어
1 대 0으로 뒤진 상황. 7회 초 노아웃에 주자가 1루에 나간
다. 그때 운비가 들어서는 타석이라면 번트가 제격이다. 딱,
1루로 굴려 타자를 진루시킨다. 기왕이면 운비도 산다. 너무
몰입한 건가?

피식 웃음이 나왔다.

짝!

작심하고 받아친 타구는 외야까지 날아갔다. 번트보다야
안타가 제격이다. 소야고에서는 그랬다. 기분이 더 좋아졌다.

배터리 미팅이 이어지고 메츠 타자들에 대한 동영상 분석에 들어갔다. 시범 경기와는 다른 분위기다. 무겁다는 게 아니라 진지함이 그랬다. 웃는 것 같지만 다들 눈이 불타고 있었다.

초반 빅 리그의 분위기는 확실하게 엇갈리고 있었다. 잘 치는 타자는 4할을 넘기고 그렇지 않은 타자들은 2게임 무안타도 있었다.

해가 기울자 본격 스트레칭이 시작되었다. 트레이너들이 총출동되었다. 근육에 힘이 들어간 부위에 집중 마사지가 실시되었다.

마지막은 불펜 피칭이었다. 레오가 그물에 기대 지켜보는 가운데 캐치볼에 이어 존 조율에 들어갔다. 시범 경기 때의 루틴과 크게 다르지 않았다. 바깥쪽에서 시작해 안쪽으로, 다시 바깥쪽으로 영점을 잡고, 마지막에는 임의로 공 몇 개를 꽂았다. 던진 공은 총 42개였다.

"어때?"

플라워스가 레오의 의견을 물었다.

"커터가 잘 긁히는데요?"

"그렇지?"

플라워스가 웃었다. 만족스러운 표정이었다.

"황!"

"예?"

"지난번 로커와의 일 말인데……."

"……."

"그거 어떻게 안 거였어?"

플라워스의 질문은 콜드 존에 관한 거였다. 포수 로커가 기억하고 있던 것과 운비의 것이 달랐던 사건…….

"직감이었습니다."

운비는 대충 넘겼다.

"황도 그렇지만 지난 가을과 겨울, 타자들은 약점 보완에 들어갔을 거야. 쉬프트를 뚫는 연습도 스윙을 샤프하게 가다듬는 선수도 있지. 나아가 타격 동작에서 군더더기를 빼기도 하고… 그러니 그때처럼 귀신 같은 직감이 오면 바로 말해줘. 포수도 신은 아니거든."

"그러죠."

플라워스의 말에 운비가 웃었다. 그는 주전 포수답게 여유가 있었다. 포용하는 방법도 좋았다.

"와아아!"

스탠드는 어느새 만원을 이루고 있었다. 운비는 더그아웃으로 들어갔다. 경기 개시 직전. 그라운드는 마치 초록 여백처럼 보였다. 저 여백에 이름을 새겨야 했다.

―Winning pitcher 황.

―Losing pitcher 황.

어감은 천지 차이다. 승리투수가 될 것이냐 패전투수가 될 것이냐. 운비의 시선은 벌써 마운드에 꽂혀 있었다.

7. 쫄깃한 데뷔 첫 승

〈메츠 스타팅 라인업〉

1번 타자: 아놀드 콘포르토(CF)

2번 타자: 안소니 카브레라(SS)

3번 타자: 딘 라이트(3B)

4번 타자: 윌리엄 세스페데스(LF)

5번 타자: 토미 워커(2B)

6번 타자: 네일 플레로스(1B)

7번 타자: 프랑크 데노(C)

8번 타자: 렛 하피(P).

9번 타자: 미겔 부르스(RF)

〈브레이브스 스타팅 라인〉

1번 타자: 인시아테(CF)

2번 타자: 리베라(RF)

3번 타자: 프리먼(1B)

4번 타자: 켐프(LF)

5번 타자: 스완슨(SS)

6번 타자: 알비에스(2B)

7번 타자: 플라워스(C)

8번 타자: 루이즈(3B)

9번 타자: 황운비(P)

메츠의 타순은 약간의 변동이 있었다. 리드오프를 맡던 그랜더슨이 빠졌다. 운비가 좌투임을 감안한 오더였다. 6번으로 나오는 플레로스 역시 같은 맥락이었다. 그렇다고 해도 그랜더슨 대신으로 나오는 콘포르토 역시 좌투수에게 약한 건 사실.

다만 그랜더슨보다는 빠른 배트 스피드에 기대를 거는 것 같았다.

하지만 플레로스는 달랐다. 그는 좌투수에게 막강한 타

율을 자랑하고 있었다.

반면 브레이브스는 큰 변동이 없었다. 현재의 타순이 대체로 잘 돌아간다는 판단 때문이었다.

대기 타석의 인시아테는 두 개의 방망이를 함께 휘두르며 렛 하피를 조준했다. 운비는 스탠드로 고개를 돌렸다. 그곳에 스칼렛과 가족들이 보였다. 스칼렛은 오늘 클럽하우스에 들리지 않았다. 그는 운비에게 부담이 되는 일은 하지 않았다. 어쩌면 그림자 같기도 했다. 없는 것 같지만 돌아보면 그 자리에 있는 그림자… 피부도 다르고 눈동자 색도 다르지만, 그는 박 감독과 함께 운비의 야구 인생에 은인이 되고 있었다.

짝!

인시아테의 방망이가 그라운드의 침묵을 깼다. 2구째 친 공은 파울이 되었다.

다시 볼을 하나 먹고 나간 배트. 공은 제대로 맞았지만 아쉽게도 유격수 라인드라이브가 되었다.

2번으로 들어선 건 리베라였다. 1, 2차전에는 5번 타자였던 리베라. 오늘은 인시아테와 테이블 세터를 이루고 있었다.

두 게임에서 2안타 2타점 1보살을 기록한 리베라. 나쁘지 않은 타격감으로 렛 하피와 맞섰다.

하피의 초구는 패스트 볼이었다. 그러나 그는 다양한 구종을 가진 투수. 2구로 슬라이더가 들어왔지만 리베라가 속지 않았다.

볼카운트 1—1.

흉곽 출구 증후군 수술을 한 하피. 구속을 보면 회복된 것 같아도 제구는 아직 만족스러워 보이지 않았다. 3구는 투심이 들어왔다. 바깥쪽으로 휘는 공에 리베라의 방망이가 돌았다.

짝!

너무 끝에 걸렸다. 타구는 우익수 부르스에게 날아가 아웃이 되었다. 이어 나온 프리먼은 카운트 실랑이 끝에 커브가 꽂혔다. 뜻밖의 볼 배합에 일격을 당한 프리먼이었다. 공수 교대 시간이었다.

"렛츠 고."

글러브를 챙긴 리베라가 운비 등을 쳤다. 가볍게 제자리 러닝으로 발을 푼 운비가 마운드를 향해 달렸다.

"운비야!"

"잘해!"

스탠드에서 윤서와 방규리가 손을 흔들었다. 보지 않았다. 달리는 걸음 사이로 노래가 들려왔다.

for the champions stand up, stand up

here we go it s getting close.

챔피언이 되기 위해… 일어나, 일어나. 거의 다 왔어…….

노래를 읊조리며 운비, 마침내 빅 리그의 선발 마운드에 우뚝 섰다.

여기…….

여기였다.

그토록 꿈꾸던 자리.

5.48미터 길이에 25.4cm—38.1cm의 높이. 그리 넓을 것도 없는 이 자리가 운비의 필생의 꿈이었다. 메츠의 홈구장 마운드.

그곳에 발을 들여놓음으로써 운비는 빅 리거로서 이름을 새긴 셈이었다.

'후우.'

숨을 골랐다. 폐는 넉넉한 호흡을 쏟아냈다. 스탠드를 밝힌 조명탑이 만들어낸 그림자…….

'안녕?'

인사를 했다. 그 그림자는 분명 빅 유닛이었다. 이제는 2.02미터로 자란 운비. 그토록 염원하던 빅 리그의 선발 마운드를 차지하고 있는 것이다.

하르르……

매직 존이 섰다. 그 앞에 아른거리는 수호령도 다르지 않았다. 꿈은 아니었다.

이 모든 것이 이제는 운비가 개척해 나가야 할 또 하나의 운명이자 도전이었다.

'기꺼이.'

볼을 쥔 손에 힘이 들어갔다.

'패스트 볼.'

플라워스의 초구 선택은 패스트 볼이었다. 박 감독이 말했었다. 그 어떤 구종을 만들더라도 그 기본은 패스트 볼. 패스트 볼이 뒷받침되지 않으면 다 공염불이라고.

'내 생각하고 똑같군요.'

무표정하게 와인드업에 들어갔다. 초구부터 비겁하게 돌아갈 생각은 없었다. 직진이다. 메이저를 관통하는 것이다. 운비는 그만한 땀을 흘린 후였다.

뻑!

무지막지하게 날아갔지만 홈 뒤의 철망을 때리던 배구 선수 운비의 초구.

매 시합마다 초구에서 대참사를 일으켰던 운비. 그러나 그 운비는 더 이상 메이저리그에 없었다.

스트라이드와 하이코킹, 릴리즈에 이은 팔로스로우까지

찰고무를 잡아채듯 리드미컬하게 연결된 것이다.

쾅!

플라워스의 미트에서 천둥소리가 울렸다. 살짝 낮은 듯 날아오던 공은 플레이트 앞에서 고개를 들며 변화무쌍한 무브먼트를 일으켰다. 중계 화면에서도 선명히 보이는 라이징이었다.

스피드는 155㎞/h.

"스뚜악!"

주심의 주먹이 제대로 올라갔다.

"……!"

그랜더슨을 대신해 나온 콘포르토의 눈에 맺히는 긴장이 보였다. 시범 경기 때 보았지만 그래봤자 빅 리그 처녀 등판인 루키 운비. 그 루키가 겁대가리 없이 가운데 포심을 꽂은 것이다.

운비에게는 역사적인 빅 리그의 초구. 그렇게 스트라이크를 기록했다.

'좋았어. 조금 낮게 하나 더.'

플라워스의 미트가 바깥쪽으로 낮아졌다. 몸을 뒤튼 운비, 최대한 공을 숨긴 디셉션으로 포심 하나를 더 뿌렸다.

쾅!

이번에도 천둥이 울렸다. 콘포르토의 방망이가 빠른 스피드로 나왔지만 공에 닿지 못했다.

볼카운트 투낫씽.

'이놈은 체인지업을 예상하겠지?'

플라워스가 사인을 보내왔다.

'그렇겠죠.'

'그렇다면 투심이다.'

'투심?'

'몸 쪽으로 붙여봐라. 속을지도 몰라. 아니면 그 다음에 벌컨 한 방으로 초토화.'

'좋죠.'

다시 와인드업에 들어간 운비, 같은 동작으로 투심을 뿌렸다.

"……!"

잠시 주저하던 콘포르토, 어깨가 움찔하더니 자신 없는 방망이가 나왔다. 플라워스의 예상대로 그는 체인지업을 예상한 모양. 하지만 횡으로 휘는 공이 들어오자 헛스윙을 하고 말았다.

"와아아!"

브레이브스 스탠드가 환호성으로 타올랐다. 리드오프의 삼진. 그것 말고도 의미가 있었다. 바로 운비의 포심이었다. 처음 두 방이 제대로 꽂히면서 메츠 타자들에게 제대로 각인이 된 것이다.

스피드와 볼 끝이 살아 있는 공.

그걸 의식하게 되면 다른 공에도 시너지 효과가 나타나는 법. 바로 모든 공의 기본이 패스트 볼이라는 대전제의 효과이기도 했다.

타석에 카브레라가 들어섰다.

'포심.'

플라워스의 리드는 같았다. 다만 인 코스 꽉 차는 공을 원했다. 카브레라의 콜드 존이었다. 카브레라의 몸 쪽은 무릎 바로 위가 콜드 존이었다. 푸르다 못해 검은색에 가깝다. 안타는 전혀 치지 못하는 코스.

그러나 어떤 투수라고 해도 그 존에 제대로 꽂기는 어려웠다. 몸에 맞는 볼이 나올 수도 있는 것이다. 하지만 크게 우려할 필요는 없었다. 거기서 공 하나 정도 미치지 못하는 곳도 거의 치명적인 콜드 존이었다.

"와앗!"

기합과 함께 공이 날아갔다. 카브레라는 움찔 몸을 뺐다. 주심은 잠시 생각하더니 콜을 외면했다.

'하나 더.'

미트는 공 반 개 정도 안으로 움직였다. 반응하지 못하니 조금 안쪽으로 먹여도 된다는 판단이었다. 2구는 제대로 미트에 꽂혔다.

"스뚜악!"

기다리던 스트라이크 판정이 나왔다.

'이번에는 여기.'

3구의 과녁은 낮은 쪽 먼 공이었다. 좌우로 타이밍을 분산시키려는 리드. 이번에는 투심이었다.

"스뚜악!"

다행히 좌측 존 끝에 걸치면서 스트라이크 판정을 받았다.

그러자 카브레라가 타석을 이동했다. 우타에서 좌타로 바꾼 것이다.

놀랄 건 없었다. 카브레라는 스위치 타자다. 그러나 우타석이 좌타석에 비해 강했다.

하지만 오늘 기분은 그렇지 않은지 타석을 옮겨 버린 카브레라였다.

좌투수는 좌타자에 강하다.

그런 통설이 있었다. 운비는 고개를 저었다. 그건 상대적일 뿐이었다. 플라워스의 요청은 커터였다. 미트는 가운데 낮은 곳에서 움직이지 않았다. 가운데서 몸 쪽으로 파고드는 폭격. 대놓고 한 방 먹이자는 생각이었다.

'원하던 바입니다.'

운비의 4구가 날아갔다. 포심과 똑같은 구속과 회전수의 그 공… 디셉션에 더해 딜리버리가 좋은 운비였다. BFP의 프로그램으로 변화 지점을 최대한으로 타자 앞으로 당긴 공… 공은 홈 플레이트 1미터 부근에서야 확연히 꺾였다.

부욱!

본능처럼 안소니 카브레라의 방망이가 돌았다. 브레이브스 불펜의 광속구 투수와 같은 이름의 타자…….

짝!

카브레라는 한 손을 놓으며 겨우 공을 맞췄다. 자신이 생각한 궤적보다 낮았던 것이다. 좌타석에서는 주로 파워로 배팅하던 그였으니 공은 2루수 앞으로 맥없이 날아갔다.

투아웃.

카브레라는 홈 플레이트 앞에 조각난 방망이 조각을 주워들고 돌아섰다. 운비의 커터가 부러뜨린 첫 배트였다.

빈 타석을 채운 건 딘 라이트였다. 내야의 캡틴이자 메츠의 심장으로도 불리지만 재활 이후의 첫 시즌. 이전 두 게임에서는 안타 하나만을 기록하고 있었다. 그래도 선구안이 뛰어난 타자. 결코 함부로 볼 수 없었다.

'이번엔 커터로 테이프 끊어볼까?'

플라워스가 초구 메뉴를 바꾸었다.

'절대 환영입니다.'

운비의 초구가 날아갔다. 라이트의 방망이가 매섭게 돌았다.

짝!

공은 3루 쪽 라인을 벗어나고 방망이는 길게 찢어졌다. 존은 제대로 통제되고 있었다. 컨트롤도 커맨드도 정상이었다. 2구는 포심이 시원하게 박혔다. 라이트는 또 스윙을 했지만 이번에는 배트에 맞히지 못했다.

'포심 하나 더.'

플라워스의 미트는 라이트의 가슴 높이를 가리켰다. 부상 회복 이후의 선수. 더구나 라이트는 프랜차이즈로 불리는 선수였다. 메츠에서도 은근히 3할을 기대한다는 평. 그 싹수를 밟고 가자는 의도였다.

도발적인 플라워스의 리드. 아주 마음에 들었다.

"와아앗!"

운비의 포심이 날아갔다. 공은 시원했지만 라이트는 고심했다. 초구에 들어온 커트. 그다음에 들어온 포심. 그러나 코앞에서야 겨우 구분이 가능했던 두 개의 공.

'포심이냐 커터냐?'

고심하는 사이에 공이 솟구치자 방망이가 따라 나갔다. 어이없는 간격의 스윙이었다.

"스뚜악!"

이닝 종료를 알리는 주심의 콜은 달달하기만 했다.

운비는 더그아웃으로 뛰었다. 뒤따라온 알비에스와 리베라가 격려를 전해왔다.

플라워스도 엄지를 세워주었다. 괜히 고무되지는 않았다. 이제 겨우 1회였다.

2회 초.

브레이브스의 공격이 재개되었다. 켐프는 5구 삼진으로 돌아섰지만 스완슨이 첫 안타를 기록했다. 하피의 슬라이더를 노려 빗맞은 안타를 생산한 것.

하지만 알비에스의 병살타로 2루를 밟지 못하고 이닝을 마쳤다.

2회 말.

거대한 장벽 하나가 더그아웃에서 걸어나왔다.

"와아아!"

"우우우!"

기대와 야유가 하나의 덩어리를 이루었다. 주인공은 세스페데스였다. 1차전에서도 장타를 터뜨렸던 세스페데스.

작지만 탄탄한 체구로 엄청난 괴력을 가진 파워 히터.

클러치 능력까지 뛰어나 주자가 없을 때 만난 게 행운이었다.

그 역시 운비처럼 무표정하게 투수를 쏘아보았다. 그 눈빛에는 홈런이 담겨 있었다. 시범 경기 2차전에서도 만났던 운비와 세스페데스. 그때의 운비는 홈런을 허용하고 말았다.

'커터, 낮게.'

플라워스의 선택이 신중해졌다.

세스페데스… 컨택 능력도 좋고 파워도 좋은 선수. 파워도 그렇지만 컨택 능력이 더 부담스러웠다. 하지만 두렵지는 않았다. 장마다 꼴뚜기는 아닌 것이니 매번 홈런을 맞을 생각은 없었다. 더구나 세스페데스의 매직 존 역시 다 붉은색은 아닌 것이다.

'흐음…….'

운비는 마인드 컨트롤을 걸었다. 이 세상에 10할 타자는 없다. 4할이라고 해도, 거꾸로 보면 투수가 열 번에 여섯 번을 이기는 것이다.

'지금이 그 여섯 번 중의 한 번이야.'

암!

부욱.

확신을 따라 커터가 날아갔다. 포심과 같은 구속. 회전도 거의 같아 구분이 잘되지 않았다. 디셉션과 딜리버리도 좋아 공 보는 시간도 아주 짧았다. 세스페데스는 공의 궤적을 읽으며 시선을 움직였다. 팔과 발은 움직이지 않고, 오직 눈과 목만 돌았다.

빽!

포구 소리와 함께 세스페데스의 눈은 제자리로 돌아갔다.

'안쪽으로 하나 더.'

또다시 커터를 요구하는 플라워스. 그 역시 콜드 존이니 마다할 필요가 없었다.

'잇!'

2구가 팔을 떠났다. 세스페데스의 방망이도 함께 나왔다.

짝!

배트는 공을 쳤지만 두 동강이 나면서 파울을 만들고 말았다.

'좋았어.'

운비가 주먹을 쥐었다. 오늘 공은 괜찮았다.

다른 배트를 고른 세스페데스가 공의 궤적을 머리에 그리며 스윙을 마쳤다.

'포심, 인 코스로 아주 높게.'

플라워스의 미트는 위로 올라갔다가 보통 높이로 내려왔다. 공이 들어오면 따라 올라갈 참이었다. 천천히 와인드업을 한 운비, 혼신의 3구를 던졌다.

부욱!

세스페데스의 방망이가 또 돌았다. 그러나 빗맞았다. 운비의 볼 끝 무브먼트가 살아 있는 까닭이었다. 4구는 바깥쪽으로 멀어지는 투심으로 볼이 되었다.

볼카운트 2—2.

방망이를 조율한 세스페데스가 운비를 쏘아보았다. 사인을 받은 운비가 5구를 뿌렸다.

짝!

안쪽을 파고드는 빠른 포심. 그러나 그대로 커트해 내는 세스페데스. 다음 6구는 거의 존에 걸친 커터였지만 주심의 외면을 받았다. 한마디로 잘 던지고 잘 고른 공이었다.

카운트는 3—2로 변했다. 종착지에 다다른 것이다.

'포심, 구속 좀 팍 죽여서 같은 코스.'

플라워스의 미트는 공 반 개 안쪽으로 이동했다.

'그럼 체인지업으로……'

'아직 아니야. 포심.'

플라워스는 사인을 거두지 않았다.

운비가 고개를 끄덕거렸다. 운비의 포심은 다 같은 포심이 아니었다. 최고 구속 158㎞/h. 평균구속 152㎞/h. 그러나 같은 회전에 구속을 죽이면 타자의 시각차가 확연히 커진다. 변화구처럼 타이밍을 속일 수 있었다.

그건 운비가 그리던 것과 반대의 배합이었다. 운비는 같은 구속에 회전을 높인 공을 생각하고 있었다. 하지만 플라워스의 리드가 좋으므로 따르기로 했다.

'가랏!'

7구가 날아갔다. 구속을 왕창 죽인 138㎞/h짜리 포심이었다. 잔뜩 노리고 있던 세스페데스. 어깨가 움찔거리더니 방망이가 나왔다.

짝!

타격 순간 그의 미간이 일그러지는 게 보였다.

'잡았다.'

운비가 주먹을 불끈쥐었다. 정타가 아니었던 것이다. 공은 1루수 글러브에 들어갔다. 운비는 전력 질주로 베이스 커버에 들어갔다. 귀중한 원아웃을 기록하는 순간이었다.

한 고비를 넘겼다. 어떤 팀을 상징하는 타자. 그렇다면 투수는 반드시, 그 타자를 잡아야 했다. 그래야 상대 타자들이 부담을 갖기 때문이었다.

'후우.'

숨을 돌리고 워커와 상대했다. 그 또한 스위치 타자. 운비가 좌투수였으므로 좌타석에 먼저 들어섰다. 메츠의 타자들은 만만한 사람이 없었다. 대다수가 한 방을 가지고 있었는데 워커 또한 예외는 아니었다.

초구는 타자의 외곽으로 멀어지는 투심으로 스트라이크

를 잡았다. 2구는 오늘 무브먼트가 좋은 커터를 던졌다.

짝!

소리가 나며 두 개의 물체가 그라운드로 들어왔다. 방망이는 운비 가까이 날아왔으므로 피했다. 공은 유격수가 잡았다. 수월하게 투아웃을 잡았다.

투아웃.

운비도 모르게 긴장이 풀어졌다. 세스페데스 때문이었다. 그 산을 힘들게 넘었다. 다음에 들어선 워커는 조금 수월하게 카운트를 잡았다. 그 안도감까지 더해지자 큰 화근이 되었다.

타석의 네일 플레로스.

좌투수가 나올 때 플래툰으로 들어오는 선수였다. 타율도 좌투수에게 압도적으로 강했다.

'조심.'

플라워스가 상기시켜 주었다. 하지만 운비의 초구는 그 염원을 완벽하게 담지 못했다.

짜악!

맞는 소리가 길고 짜릿했다. 150km/h로 날아간 포심이 통타를 당한 것. 거의 직선으로 날아간 타구는 어이없게도 좌중간 펜스를 넘어가고 말았다. 홈런이었다.

"와아아!"

메츠 팬들이 환호를 했다. 플레로스는 무심하게 3루를 돌아 홈 플레이트를 밟았다. 그렌 멜린스 감독의 플래툰이 들어맞는 순간이었다.

'젠장.'

하얗게 변한 머릿속을 바로 정돈했다. 표정 관리도 제대로 했지만 마음만은 휑했다. 아주 미세한 방심이었다. 실밥이 긁히는 순간 알았다. 메이저에서는 그런 방심조차도 통하지 않는 것이다.

"황."

플라워스가 마운드로 올라왔다. 내야들도 가까이 모여들었다.

"기분 어때?"

"……."

입술을 열지 않았다.

"저번에 그런 말했었지? 10할을 치는 타자는 없다고?"

"예."

"마찬가지로 방어율 0을 찍는 투수도 없어."

"……."

"하지만 좋은 투수는 있지."

"……."

"그건 아주 간단해. 점수를 주는 게 중요한 게 아니라 점수를 준 후에 어떻게 투구하느냐."

"……."

"다시 시작하자고."

플라워스가 웃었다. 운비 역시 씨익 큰 미소를 지었다. 스완슨과 알비에스, 프리먼 등은 운비의 어깨를 툭 쳐주고 베이스로 돌아갔다.

"황운비!"

그때 우익수 쪽에서 리베라의 함성이 들렸다. 운비가 돌아보았다.

"파이팅!"

리베라가 악을 썼다. 운비에게 한국식 응원을 들었던 리베라. 먼 외야에서 힘을 실어준 것이다.

땡큐!

손을 들어 보답을 하고 투수판을 밟았다. 고작 한 점이었다. 앞으로 추가 실점 없이 완투를 하면 1.00의 방어율이다. 그 얼마나 아름다운 방어율인가?

다시 데노에게 초구 포심을 먹였다. 데노는 공격형 포수. 그러나 컨택 능력보다는 파워가 좋은 타자였다. 2구는 커터를 던져 투낫씽을 잡았다. 3구는 바깥쪽으로 버린 투심. 그러나 데노의 방망이가 헛돌며 삼진을 잡았다. 한 점을 주었지만 이닝을 끝낸 운비였다.

3회 초.

운비 팀의 출발은 나빴다. 선두 타자로 나선 플라워스가 삼진을 먹었다. 상대 배터리 데노와 하피도 알고 있었다. 어떻게 하면 브레이브스를 엿먹일 수 있는지. 상징적 타자도 그렇지만 포수도 그중 하나였다. 뒤를 이은 루이즈는 3루 깊은 땅볼. 혼신의 주루를 했지만 간발의 차이로 아웃을 당했다.

9번 타자의 타석.

운비가 나섰다. 하피는 플라워스 타석의 재현을 원했다. 초구는 슬라이더로 카운트를 잡고 2구 역시 낙차 큰 커브로 카운트를 가져갔다. 투낫씽.

운비는 사실 패스트 볼을 노리고 있었다. 3구로 들어온 공은 유인구였다. 운비가 잘 골라냈다. 그리고… 작심하고 들어온 포심을 받아쳤다.

짝!

공은 하피 정면으로 날아갔다. 하피가 글러브를 내밀었지만 빠져나갔다. 2루 베이스를 한 뼘 차이로 통과하는 안타였다. 운비가 1루 베이스에 성큼 올라섰다. 하피의 미간이 확 일그러졌다.

퍽킹.

입술이 밀어내는 작은 소리까지도 감지했다.

다음으로 나온 인시아테. 슬라이더를 제대로 받아쳐 외야까지 날렸지만 하필이면 세스페데스가 지키는 좌중간이었다. 기가 막히게 방향을 잡은 세스페데스. 껑충 솟구치며 타구를 잡아냈다. 화면에서나 보던 그림 같은 호수비였다. 2루 베이스 직전까지 달려갔던 운비가 아쉬움을 삼켰다.

3회 말.

운비는 하피가 하지 못한 일을 해주었다. 타석에 들어선 하피를 보기 좋게 돌려세운 것. 공은 단 네 개였다. 9번으로 나온 부르스에게 기분 나쁜 내야안타를 맞았지만 상위 타선을 잘 틀어막았다. 카브레라를 잡은 운비는 거침없이 마운드를 내려왔다.

4회는 클리어.

5회도 막아냈다.

6회는 플라이 볼과 삼진을 엮어 삼자범퇴를 안겨주었다. 운비의 볼 배합은 변해 있었다. 오프스피드 피치 구사 비율이 높아진 것. 4회부터 그랬다. 플라워스의 전략이었다.

이때까지 운비의 투구 수는 84개였다. 나름 투구관리가 되고 있었다. 렛 하피도 안정된 피칭으로 브레이브스 팬들의 가슴을 졸이게 만들었다. 한 점이 난 후로 치열한 투수전이 펼쳐진 것이다.

운비…….

6회까지 3안타 1실점. 호투였다. 홈이라면 솔로 한 방이 문제. 그러나 팀의 방망이가 침묵하면서 패전의 위기로 몰리고 있었다.

7회 초.

스코어는 여전히 1−0. 경기가 종반으로 치달으면서 여기서 득점하지 못하면 어려워질 분위기였다. 메츠의 불펜은 슬슬 가동되고 있었다. 첫날 세이브를 가져간 에릭 파밀리아도 보이고 스티븐 리드도 있었다. 카멜 글레빈스도 보였다. 메츠는 슬슬 위닝시리즈를 꿈꾸기 시작했다. 브레이브스는 그 꿈을 부서뜨려야 했다.

브레이브스의 선두 타자로 켐프가 나왔다.

하피의 슬라이더는 아직까지도 건재했다. 날카롭게 떨어지는 초구가 스트라이크가 되었다. 2구는 체인지업이 들어와 얄밉게 스트라이크존에 걸렸다.

볼카운트 투낫씽.

3구로 들어온 커브를 커트한 켐프. 4구와 5구도 잘라내며 하피의 신경을 건드렸다. 결정적인 건 6구였다. 1루수 파울 플라이로 날아간 공을 콘포르토가 잡지 못한 것이다. 펜스 때문이었지만 하피의 입맛은 쓸 수밖에 없었다.

결국 7구가 얻어맞았다. 몸 쪽으로 들어간 투심을 통타한 것이다. 좌익수 앞에 깨끗한 안타가 되었다.

노아웃 1루.

브레이브스에 서광이 비치기 시작했다. 5번은 스완슨이었다. 나올 때부터 번트 동작을 취했다. 종반으로 가고 있으니 스코어링 포지션에 두고 균형을 맞출 생각이었다.

초구는 원 바운드가 들어왔다. 놀란 데노가 온몸으로 막았다. 2구가 들어오자 스완슨이 재빨리 히팅 동작으로 바꾸었다. 내야수들은 한 발 전진한 상태.

짝!

스완슨이 공을 맞췄다. 공이 나빠 아래를 건드렸다. 공은 유격수 글러브 상단을 스치며 떨어졌다. 재빨리 돌아선 카브레라가 후속 동작으로 공을 잡았지만 어디에도 던지지 못했다. 타자와 주자는 모두 살았다.

노아웃 1, 2루.

행운의 역전 주자까지 나간 브레이브스였다.

이어진 플라워스의 타석. 그는 히팅으로 나섰지만 3루수 플라이가 되었다. 플라워스는 분루를 삼키고 돌아섰다. 숨을 돌린 하피, 루키 루이즈와 맞섰다. 초구를 보란 듯이 패스트 볼을 꽂아 기세를 올렸다. 그러나 루이즈는 석고상이 아니었다. 2구를 보내고 들어온 슬라이더. 각이 변하는 지점에 기가 막힌 컨택을 가져갔다.

짝!

소리와 함께 공은 쭉 뻗어나갔다.

"와아!"

브레이브스 스탠드에 함성이 일었다. 팬들의 시선은 공을 따라가지 못했다. 그만큼 타구가 빨랐다. 중견수를 오버한 공은 어느새 펜스를 때리고 나왔다. 켐프가 홈으로 들어왔다. 스완슨도 3루를 돌았다. 공이 중계되었지만 투수가 가운데서 짤랐다. 역전 2루타였다.

"와우!"

2루를 점령한 루이스는 보란 듯이 포효를 터뜨렸다. 호투하던 하피의 숨통을 조이는 한 방이었다.

하피가 강판당했다. 불펜에서 선택을 받은 투수는 카멜 글레빈스였다. 하필이면 운비 타석이었다. 잠시 고심하던 스니커는 운비를 밀어붙였다. 아웃 카운트의 여유 때문이었다.

"황, 한 방 날려."

리베라와 블레어, 투산 등이 합창을 했다. 그들은 운비의 타격 솜씨를 알고 있었다. 타자들에 비할 수는 없지만 만만치 않은 컨택 능력. 안타를 칠 수만 있다면 메츠의 숨통을 끊을 수도 있었다. 투수의 득점타야말로 상대 팀에 멘붕을 불러올 수 있기 때문이었다.

'변화구……'

운비는 노리고 들어갔다. 초구가 그 공이었다. 작심하고 돌린 방망이에 공이 맞았다. 2루수가 몸을 날렸지만 공은 내야를 빠져나갔다.

"와아아!"

스탠드가 들끓기 시작했다. 2루의 루이스가 홈을 밟은 것이다. 운비의 득점타였다.

노아웃에 3 대 1.

브레이브스의 대역전이었다. 타선은 1번으로 연결되었다. 기대감은 더 타올랐지만 투수가 바뀌었다. 글레빈스의 뒤를 이은 스티븐 리드. 인시아테를 병살타로 유도했다. 이어진 리베라에게서 안타가 나왔으니 더욱 아쉬운 브레이브스였다. 폭풍의 7회는 그렇게 마감이 되었다.

2점의 리드를 안고 운비가 7회 말 마운드 위에 섰다. 타석에는 또다시 세스페데스였다. 어쩌면 스니커, 조금 전의 타석에서 운비를 교체할 수도 있었다. 그럼에도 밀어붙인 것은 세스페데스 때문이었을지도 몰랐다. 운비가 세스페데스에게 다시 한번 엿을 먹일 수 있다고 판단한 것. 운비는 이제 그 기대에 부응해야 했다. 게다가 예정된 투구 수로 보아, 어차피 마지막 회였다.

'초구는 포심.'

플라워스의 사인이 왔다. 가볍게 호흡을 한 운비, 온몸의

탄력을 모아 어깨로 전달했다. 그 에너지를 받은 공이 날아
갔다.

콱!

포심의 스피드는 155km/h. 7회가 되었지만 전혀 죽지 않
은 스피드였다. 게다가 볼 끝… 마치 살아 있는 스네이크를
던진 듯 흔들렸다.

'으음…….'

세스페데스의 입에서 신음이 나왔다. 플라워스는 미소를
머금었다. 4회부터 오프스피드 피치를 간간히 섞었던 그였
다. 지금 쯤은 슬슬 힘이 떨어져야 할 이닝. 그런 차에 강력
한 포심을 꽂아주었으니 세스페데스는 머리에 쥐가 날 수밖
에 없었다.

'이번엔 커터…….'

커터를 예상했지만 다시 포심이 꽂혔다. 보란 듯이 힘으
로 맞서고 있는 운비였다.

'그렇다면…….'

세스페데스는 방망이를 조율했다. 3구로 날아온 공은 툭
떨어지는 벌컨 체인지업이었다. 공은 130km/h대 후반. 세스
페데스의 방망이는 잠시 움직였을 뿐 궤적을 그리지 않았
다. 타자의 반응을 본 플라워스가 승부구를 요구했다. 커터
였다.

'좋죠.'

온몸을 뒤튼 운비, 포수가 원하는 공을 뿌렸다.

'왔다.'

세스페데스는 그렇게 생각했다. 1, 2구로 들어온 공과 똑같았다. 볼 배합도 바뀐 차. 작심하고 배트가 돌았다.

"⋯⋯!"

임팩트 순간, 세스페데스는 가슴이 허망해지는 걸 느꼈다. 배트에 맞아야 할 공의 궤적이 비껴간 것. 황급히 스윙 궤적을 수정해 보지만 공은 방망이를 지나간 후였다.

빡!

"스뚜악!"

주심의 주먹이 번쩍 올라갔다. 동시에 운비의 심장에도 불이 번쩍 들어왔다. 스탠드⋯ 윤서와 방규리는 일어나 껴안은 채 어쩔 줄을 몰랐다. 거대한 장벽을 스스로의 힘으로 넘어가는 운비였다.

운비의 역할은 여기까지였다. 워커의 타석을 앞두고 헤밍톤이 마운드로 올라왔다.

"최고였네."

엄지를 세워주는 것으로 운비의 투구 마감을 알렸다. 한계 투구까지는 몇 개 남았지만 워커와 플레로스가 좌투수에 강한 걸 감안한 것. 브레이브스의 불펜도 가동 중이었으므로 모험을 걸 필요가 없었다.

6과 3분의 1이닝. 1실점으로 호투한 운비가 마운드를 내려왔다.

"와아아!"

브레이브스 팬들은 기립 박수로 운비를 맞아주었다. 루키 황운비. 브레이브스 팬들에게 자부심으로 남기에 충분한 호투였다.

윤서와 방규리, 황금석 등은 일어선 채 앉을 줄을 몰랐다. 심지어는 스칼렛도 그랬다. 고등학교를 졸업하고 태평양을 건너온 운비. 1년 동안 오직 투구만을 위해 살았던 시간. 그 투지를 보여준 데뷔전이었다.

더그아웃으로 들어온 운비는 스니커를 비롯하여 선수들의 대환영을 받았다.

하지만 아직 승리투수가 된 건 아니었다. 승리투수의 조건을 갖춘 것뿐. 그건 바로 현실이 되었다. 제구가 잡히지 않은 카브레라가 워커와 플레로스를 연속 볼넷으로 내보낸 것.

"아……."

윤서의 환호는 바로 애달픔으로 바뀌었다. 홈런 한 방이 나오면 역전이 될 판이었다. 다행히 데노의 타구가 먹히며 뜬공으로 잡았다. 그러자 메츠 감독 역시 승부수를 띄웠다.

피처를 빼고 그 자리에 대타를 넣은 것. 그래도 승리의 여신은 브레이브스 편이었다.

숨을 돌린 카브레라, 160㎞/h의 광속구를 꽂아 넣으며 5구 삼진을 솎아냈다.

9회의 매조지는 존슨이 맡았다. 3일 연속 등판하는 존슨. 그러나 3 대 1의 리드였기에 피로를 잊었다. 볼넷 하나를 내줬지만 무난하게 이닝을 종결했다. 브레이브스의 승이었다.

위닝시리즈.

얼마만인가?

브레이브스가 위닝시리즈로 시즌 서막을 장식하는 순간이었다. 루키가 건져낸 천금의 승리. 그것도 지구 1, 2위로 예상되는 메츠를 깬 대사건이었다.

브레이브스의 중계석도 흥분의 도가니가 되었다.

"아아, 브레이브스, 브레이브스!"

캐스터는 차마 말을 잇지 못했다.

"감격입니다. 브레이브스… 1990년대의 영광을 재현하려는 걸까요? 메츠와의 개막전을 위닝시리즈로 열었습니다."

감격하기는 해설자도 마찬가지.

"오늘의 수훈 선수 황을 모십니다."

캐스터의 비명 같은 소리와 함께 운비가 등장했다. 윌리 윤과 함께였다.

"축하합니다. 빅 리그 첫 승리투수죠?"

해설자가 주먹을 내밀었다.

"고맙습니다."

주먹을 마주쳐 주고 의자에 자리를 잡는 운비.

"오늘 승리투수가 될 거라고 생각했습니까?"

"열심히 던지면 좋은 결과가 오리라고 생각했습니다."

운비의 말은 윌리 윤이 풀어주었다.

"상대가 메츠인데도 말입니까?"

"내셔널스라고 해도 마찬가지였을 겁니다."

"와우, 이 배포……."

캐스터는 과장된 액션으로 만족감을 표했다.

"오늘 주 무기는 커터였죠? 크레이지 댄싱 커터."

"그렇습니다."

"중계석에서 보니 포심도 댄싱 머신처럼 움직이던데요? 무브먼트가 굉장했습니다."

해설자도 반한 눈치다.

"플라워스의 리드가 좋았고 실밥이 잘 긁힌 날이었습니다."

"특히 세스페데스와의 대결이 인상적이었는데요. 마지막 삼진 때 기분 어땠습니까?"

"이거였죠."

운비는 주먹이 터져라 쥐어 보였다.

"이거였군요. 우리도 그거였습니다."

해설자와 캐스터도 운비처럼, 주먹을 화끈하게 쥐어 보였다.

"여러분은 지금 우리 브레이브스의 새 희망, 그중에서도 그라운드의 태양으로 떠오른 루키 황을 보고 있습니다. 황, 이 행복한 소식을 시즌 내내 팬들에게 전해주기를 바랍니다."

"노력하겠습니다."

운비는 겸손하게, 그러나 당당하게 마무리 멘트를 날렸다.

클럽하우스도 난장판이었다. 샴페인이 터지고 맥주 캔도 날아다녔다. 운비가 들어서자 샴페인의 조준이 운비를 향했다.

펑펑!

달콤한 축포가 운비에게 쏟아졌다.

"오늘 죽여줬어, 황!"

클럽하우스의 리더 켐프가 소리를 높였다.

"저보다 클로저로 나온 카브레라, 존슨이 애썼죠. 다 불펜과 타자들 덕분입니다."

운비는 동료들을 챙기는 걸 잊지 않았다.

"립 서비스는 그쯤하고, 원샷!"

리베라가 콜라를 던져주었다. 캔을 마주치고 원샷을 때려주었다. 스니커와 해밍턴, 슈처도 엄지를 세워 보였다. 심지어는 하트 단장까지 들어와 운비를 포옹했다.

1승.

메이저리그 정규 시즌의 1승.

그건 마약보다 행복한 마취였다. 결코 깨어나고 싶지 않은……

"헤이, 이제 그만 가봐. 미녀께서 기다리고 있던걸?"

1승의 마취는 인시아테가 깨주었다. 윤서와 부모님이 기다리는 걸 깜빡한 운비였다.

"가봐라. 누나한테 내 안부 전해주고."

리베라가 운비 엉덩이를 쳐주었다.

"그 뷰리풀 미녀가 황의 시스터?"

인시아테가 관심을 보였다.

"흐음, 알고 싶으면 맥주 한잔 사셔야죠."

리베라가 배짱을 튕겼다.

"그녀가 미혼이면 맥주 공장이라도 사지."

"계약된 겁니다. 사러 가시죠."

리베라가 인시아테의 등을 밀었다. 누구에게든 격의가 없는 리베라.

오늘 밤 그는 인시아테와 더 친해질 것만 같았다.

"브라보!"

호텔로 돌아온 운비, 가족들과 간단한 축하 파티를 즐겼다.

"운비야……."

방규리가 운비 손을 잡았다.

"어유, 우리 마더 울겠네, 울겠어."

윤서가 슬쩍 핀잔을 주었다.

"얘, 너는 뭐 안 그랬니? 운비가 공 하나하나 던질 때마다 자지러져 놓고……."

"그래도 엄마보다는 나아. 야구라는 게 즐기면서 봐야지……."

"됐고, 난 우리 운비가 승리투수가 될 수 있다면 뭐든지 할 수 있거든."

"그거야 당연하지. 메이저리그 승리투수가 아무나 되는 건 줄 알아? 이게 1승에 돈이 수백 억이 왔다갔다 해요."

"아무튼 고생했다. 진짜 고생했어."

방규리는 운비의 손을 몇 번이고 쓰다듬었다.

"하긴 진짜 굉장하긴 하더라. 작년에 두 번 정도 관람했었지만 우리 아들이 나가니까 기분이 다르네. 아주 심장이 쫄깃쫄깃한 게 찰고무가 된 기분이다."

황금석도 홍분을 감추지 않았다.

"이제 시작이에요. 열심히 해서 좋은 성적 거두겠습니다."

운비가 웃었다.

"그래야지. 이 먼 미국 땅까지 와서 고생 중인데… 게다가 네 시합보려고 기대하는 사람들이 한둘이 아니더라. 덕분에 우리 회사 이미지도 함께 오르고 있어."

"다행이네요, 아버지."

"마시고 일찍 자라. 투수는 컨디션 관리가 생명이라며?"

"아빠, 아무리 그래도 역사적인 1승인데 좀 즐겨야죠. 내일은 운비가 등판하지 않거든요."

윤서는 아직 잠들 태세가 아니었다.

"아 참, 다음 등판은 언제니?"

방규리가 물었다.

"12일 마린스와의 2연전 2차전에 등판."

운비의 스케줄을 꿰고 있는 윤서가 소리쳤다.

"그건 한국에서 방송으로 봐야겠네."

"그러게."

방규리와 황금석은 아쉬운 표정을 지었다. 둘은 곧 돌아가야 했다.

"걱정 마. 내가 엄마 아빠 몫까지 응원하러 갈 테니까. 우리 운비, 마린스 타자들도 박살 내고 2승 따낼 거야."

윤서는 아예 확신하고 있었다.

파티는 끝났다.

샤워를 마치고 침대에 누웠다. 운비의 뇌리에는 아직도 경기장 모습이 파노라마처럼 스쳐가고 있었다. 콘포르토와 카브레라… 라이트와 세스페데스…….

아웃, 아웃, 아웃!

생각하고 또 생각해도 행복한 기억들… 손을 뻗어 게임기를 잡았다. 오늘의 시작이었던 이 게임기… 가만히 입을 맞춰주는 것으로 고마움을 대신했다.

한국의 박 감독에게 문자를 날렸다. 소야도의 곽민규에게도 그랬다.

—개막 3연전 3차전에 등판해서 승리투수가 되었어요.

전송을 눌렀다. 야구공을 쥐고 어둠 속에 던졌다. 오늘은 딱 100개만 할 생각이었다. 다음 등판은 마린스… 감격만으로 상대할 팀이 아니었다.

운비는 그걸 잘 알고 있었다. 그래도 키득 웃음이 나왔다. 윤서가 보여준 한국 포탈 사이트의 댓글들 때문이었다.

—운비야, 니가 I선발해라.

—최초의 국산 빅 유닛, 메쟈를 씹어먹어라.

—물건 하나 나왔네. 꽃길만 가자.

—완쫀 신인왕 각이다.

조금 심한 오버지만 어찌 웃지 않을 수 있을까? 누가 뭐
래도 좋은 건, 좋은 거였다.

8. 빛나는 2승

황금석과 방규리와 작별한 날, 브레이브스는 파이리츠의 홈으로 이동했다. 빅 리거들은 원정 경기에 큰 부담이 없었다. 구단의 전용 비행기가 있는 것이다.

운비의 짐은 단출했다. 하지만 모든 빅 리거들이 그런 건 아니었다. 특히 필립스가 그랬다. 그는 와인 애호가였다. 원정 때에도 작은 와인 셀러를 가지고 다녔다. 운비와 리베라가 그걸 도왔다. 기분이 좋은 날에는 손에 닿는 대로 한 병 건네주기도 했다.

인시아테도 뭔가를 가지고 다니며 씹었다. 선수들의 취향은 제각각이었다.

비행기 안에서 이륙을 기다리는 동안 운비는 자신과 관련된 기사를 읽었다. 지역 언론의 기사도 있고 한국의 기사도 있었다.

〈황운비〉

검색을 하면 엄청난 수의 기사가 올라왔다. 심지어는 일본의 언론에도 소개되고 있었다. 20살 운비의 1승은 세계 야구팬들에게 기삿거리가 되는 모양이었다.

〈소년에서 빅 리거로 거듭나다.〉
〈황운비의 1승, 시작에 불과.〉
〈황운비 올해 12승 예상.〉

다양한 기사 제목들이 눈에 들어왔다. 박 감독의 인터뷰 기사도 실렸다.

"운비는 메이저에서도 빛나는 투수가 될 겁니다."

박 감독의 평가는 확신에 차 있었다.

SNS와 팬 카페를 확인하는 것도 행복했다. 칭찬이 좋아서 그러는 건 아니었다. 팬들의 응원… 그건 빅 리거에게도 꼭 필요한 양분이었다.

브레이브스의 기세는 이어졌다. 파이리츠와의 3연전 첫날, 노장 콜린이 완급 조절의 절정 기량으로 5회까지 무실점으로 막으면서 1승을 건졌다. 하지만 파이리츠도 홈이니만큼 만만치 않았다. 이후의 2, 3차전을 내주면서 브레이브스는 루징시리즈로 파이리츠 원정을 마감했다. 2차전의 패전은 토모였다.

사실 아까운 게임이었다. 7회 3분의 2까지 3점을 내주며 동점으로 호투하던 토모. 원아웃에 볼넷이 나오자 교체되었다. 허리로 나온 크롤, 볼넷 하나에 더해 쓰리런 홈런을 허용하며 토모의 실점을 4점으로 올리고 그 자신은 패전투수. 뒤집힌 스코어 5 대 2는 끝까지 변하지 않았다.

거기가 분수령이었다. 기세가 오른 파이리츠는 다음 날 초반에 대거 5점을 쓸어담으며 7 대 3으로 점수를 지켰다. 아쉽지만 3승 3패. 승률 5할이니 실망할 일은 아니었다.

심기일전한 브레이브스, 말린스와의 1차전에서 타선이 폭발했다. 이날도 마운드에는 노장 딕키가 나섰다. 최근 몸이 좀 좋지 않은 딕키. 초반 출발은 좋지 않아 3번 타자에게 솔로 홈런을 맞았다. 하지만 2회 초의 반격에서 2점을 뽑으며 콜론의 어깨를 가볍게 만들었다. 여기서 리베라의 시즌 첫 홈런이 나왔다. 바깥쪽 높은 포심을 밀어서 우측 담장을 넘긴 것이다.

1차전은 브레이브스의 8 대 2 대승으로 끝났다. 모처럼 폭발한 타선에 스니커 감독도 고무되었다. 조금씩 짜임새를 더하는 브레이브스.

신구의 조화가 톱니바퀴처럼 맞아 돌면서 리빌딩의 저력이 나타나기 시작했다.

4승 3패로 메츠와 동률 2위. 초반이지만 브레이브스의 돌풍은 주목 받기에 충분했다.

"오케이, 조금 안쪽으로!"

레오의 목소리가 불펜에 울려 퍼졌다. 말린스와의 2차전. 이제는 운비 차례였다. 여기서 이기면 5승 3패가 된다. 승률이 확 올라가는 것이다. 더불어 2연전으로 벌어지는 게임의 싹쓸이 승. 그건 무엇에도 비할 수 없는 유혹이었다.

뻥!

뻥!

레오의 미트 소리는 점점 높아져 갔다. 그의 주특기였다. 어떻게든 투수들 기분을 풀어주는 레오. 불펜에서만큼은 그는 진정한 안방마님이었다.

투구 마무리는 스즈키와 함께했다. 플라워스가 치과 치료를 받은 덕분이었다. 어금니에 문제가 생긴 플라워스, 치통으로 어제와 오늘 결장하게 되었다.

"무브먼트 좋고."

뻥!

"커터 각이 제대로 섰어. 마지막으로 포심 한 방 더."

스즈키의 리드대로 포심을 한 방 먹여주는 운비.

"오케이!"

스즈키의 콜과 함께 불펜 피칭이 끝났다.

말린스의 선발은 첸웨옌으로 발표된 마당. 관록의 아시안과 루키 아시안의 대격돌이 벌어지게 되었다.

운비는 더그아웃에서 시선을 돌렸다.

경기시작 전의 그라운드는 늘 광활해 보였다. 미개척지다. 누구든 승리하는 팀이 저 개척지에 승리의 깃발을 꽂을 수 있다.

'말린스 스타팅 멤버……'

운비는 아홉 타자를 하나씩 꼽아보았다.

1번 타자: 마틴 옐리치(CF)

2번 타자: 아담 프라도(3B)

3번 타자: 더스틴 오수나(LF)

4번 타자: 드렉 스텐톤(RF)

5번 타자: 아놀드 엘리스(C)

6번 타자: 댄 바우어(1B)

7번 타자: 미구엘 고든(2B)

8번 타자: 첸웨엔(P)

9번 타자: 알렉스 에차바리아(SS)

운비의 경우에는 말린스와 첫 대면이었다. 아무튼 거기에 맞서는 브레이브스도 타선의 변동이 있었다. 일단 두 게임에서 침묵한 루키 알비에스와 루이즈가 빠지고 필립스와 가르시아가 들어왔다. 조금씩 변화를 주던 테이블 세터는 인시아테와 리베라가 고정되기 시작했다.

1번 타자: 인시아테(CF)

2번 타자: 리베라(RF)

3번 타자: 스완슨(SS)

4번 타자: 켐프(LF)

5번 타자: 프리먼(1B)

6번 타자: 필립스(2B)

7번 타자: 스즈키(C)

8번 타자: 가르시아(3B)

9번 타자: 황운비(P)

경기가 시작되기 전 스니커와 운비는 인터뷰에 응했다.

리사의 음모(?)였다.

"감독님, 오늘 다시 2연승에 도전합니다. 5선발이라고 발표한 황에 대해 한 말씀 해주시죠."

리사의 활기찬 멘트가 울려퍼졌다.

"몇 선발은 중요하지 않습니다. 우리 팀에는 1, 2선발이 되려고 애쓰는 투수가 다섯 명이나 있지요. 어떤 순번으로 나오는가보다 다섯 경기에 한 번은 던질 수 있다는 게 중요하죠. 황은 그걸 아는 투수입니다."

"오늘 황과 맞서는 첸웨옌… 굉장한 관록을 가진 선수죠. 작년에는 말린스의 개막전을 책임지기도 했었는데 황이 꿀리지 않는다는 말씀이군요?"

"첸웨옌은 좋은 투수입니다. 하지만 많은 팀들이 진짜 에이스로 불릴 만한 투수를 보유하고 있지 않습니다. 그저 첫 번째로 출격하는 선수가 있을 뿐이지요. 우리에게도 그런 투수는 많은데 황 역시 마찬가지입니다. 첸웨옌이 개막전 1선발을 해본 관록이 있다지만 우리 황도 내년에 개막전 투수가 되지 말라는 법은 없습니다."

"아, 그 말은 곧 오늘 황의 승리를 기대하고 있다는 뜻으로 해석이 됩니다."

"당연히 감독은 승을 꿈꿉니다. 그리고 황은 그 기대에 부응할 능력이 있습니다. 나이가 어리다는 것만 빼면 황의 구질은 신뢰할 만합니다."

"황, 감독님의 말씀을 어떻게 생각하나요?"

"공으로 보여 드리겠습니다."

운비의 응수는 간단했다.

"마지막으로 오늘 말린스 타자들의 배트는 몇 개나 부러뜨릴 생각인가요?"

"한 열 개쯤 부러뜨리면 팬들이 좋아하실까요? 그 이상이면 말린스 팬들 때문에 구장을 무사히 나가지 못할 것 같은데요?"

"아핫, 황의 여유를 보세요. 오늘 승리는 우리 브레이브스의 것이 틀림없을 것 같습니다. 그럼 이제부터 황의 말을 기억하며 경기를 즐겨보도록 하겠습니다."

인터뷰가 끝났다. 더그아웃으로 돌아온 운비는 리베라와 잡담을 나눴다. 뭐 특별할 것도 없었다.

"삼진 열 개만 잡아라."

리베라의 바람은 늘 비슷했다.

"너도 멀티 히트?"

"완봉하면 홈런 하나 추가한다."

"흐음, 그거 매력적인데……."

주먹을 마주칠 때 경기가 개시되었다.

운비의 눈은 마운드로 향했다. 오늘의 맞상대는 첸웨옌이었다. 말린스의 에이스로도 불리던 사나이. 빅 유닛은 아니지만 간결한 투구 폼이 인상적. 운비처럼 디셉션이 좋아 타자들의 타이밍을 잘 뺏기로 유명했다. 투심에 더해 포심, 슬라이더가 일품.

그러나 플라이 볼 비율이 높아 홈런도 곧잘 내준다. 말린스 구장은 투수 친화적 구장으로 불리는 곳. 이곳으로 이적한 첸웨엔, 홈런이 줄어들 것으로 기대되었지만 기대에 역행하고 있었다. 그러나 외야가 넓기에 전반적으로 화려한 부활을 기대하는 투수……

그것 외에도 말린스가 희망하는 건 많았다. 우선 구단 매각이 그것이었다. 짠물 투자로 유명한 구단주가 가고 돈 많은 부동산 투자 그룹이 구단주로 나섰다. 특히 트럼프 대통령의 딸 시가 쪽 인물이 포진한 탓에 그 기대는 더욱 커지고 있었다.

그럴 사연이 있었다. 말린스는 선수층이 얇았다. 다저스와 정반대의 팀 구성인 것이다. 팜 랭킹도 뒤에서 세는 것이 빠를 정도로 빈약했다.

그렇다고 모든 게 절망적이진 않았다. 수비력은 나름 탄탄했고 선발진도 출중한 에이스는 없지만 나쁘지 않았다. 게다가 불펜은 자원이 넘치는 편. 취약점으로 꼽히는 1루 수비만 버텨준다면 지구 3위로 평가되는 예상을 뒤엎고 상위 팀으로 진출할 수도 있었다.

그렇기에 두 팀은 동상이몽이었다. 말린스로서는 만만한 브레이브스를 잡아야 했다. 브레이브스 역시 지구 상위권을 차지하려면 말린스부터 뭉개야 했다. 그래서 말린스는 연승을 주면 안 되는 입장이었고 브레이브스는 2연승을 가져가야 할 입장이었다.

타석의 인시아테.

최근 타격감이 좋았다. 네 게임 연속 안타를 치며 3할에 등극한 컨디션. 거기에 볼넷도 더 해 출루율이 훌쩍 높아졌다.

인시아테와 첸웨옌, 두 시선이 홈 플레이트를 두고 맞섰다.

관록이 쌓인 첸웨옌, 타자 다루는 법을 알고 있었다. 초구 슬라이더에 이어 밋밋한 변화구로 인시아테의 배트를 이끌어냈다. 공은 외야 플라이로 그치고 말았다.

리베라 역시 2루 땅볼이었다. 코스가 좋지 않았다. 3번으로 나온 스완슨은 3루 강습으로 살아나갔다. 베이스를 맞은 공이 멋대로 굴절된 탓이었다.

투아웃 1루.

4번 켐프의 장타를 기대했지만 그 공 역시 좌익수 깊은 플라이로 끝났다. 깊은 수비를 하던 프라도의 글러브가 기

다리던 길목이었다. 다른 구장 같으면 2루타가 될 수도 있었
을 일. 말린스가 왜 투수 친화적 구장인지 알 수 있는 장면
이었다.

"헤이, 황!"

외야로 뛰던 인시아테가 운비를 불렀다. 마운드 쪽으로
향하던 운비가 돌아보았다. 인시아테는 찡긋 윙크와 함께
엄지를 세워 보였다.

"......?"

그 동작은 리베라도 같았다. 둘이 뭔가 짜고 나온 걸까?
운비는 엷은 미소로 화답하고 마운드에 올랐다.

'안녕.'

1회 말.

말린스의 마운드에 인사를 했다. 빅 리그 두 번째 등판.
거기서 바라본 홈을 또 다른 감격이었다. 스즈키가 차고 앉
은 홈 플레이트에 매직 존이 보였다. 수호령도 하르르 반짝
이다 명멸했다.

'황운비......'

스스로의 이름을 되뇌이며 로진백을 놓았다. 글러브를 엉
덩이에 붙이고 사인을 받았다.

마틴 엘리치.

WBC에 참가했다 돌아온 선수였다. 4번으로 나오는 스텐

톤과 함께 말린스의 미래로 불리는 타자. 투수와의 기 싸움에 능하다는 말은 배터리 미팅 전에 알고 있었다. 그런 타자가 있었다. 마치 투수의 사인을 알기라도 하듯 방망이가 나오는…….

다행히 이 선수는 슬로우 스타터에 속했다. 그걸 반증이라도 하듯 개막 다섯 게임에서 0.211의 빈타에 허덕이고 있었다. 하지만 WBC 본선에서는 얄밉게도 잘했던 타자. 언제 다시 폭발할지 알 수 없었다,

'포심!'

스즈키의 선택은 명료했다. 타이밍을 맞추지 못해 애를 먹는 선수들은 패스트 볼이 쥐약이었다. 더구나 운비의 패스트 볼은 오늘도 볼 끝이 살았다. 거기에 더해 처음 만나는 타자. 운비가 꿀릴 게 없었다.

쾅!

초구는 무릎과 가슴 높이에 위치한 콜드 존에 제대로 꽂혔다.

'조금 낮게 하나 더.'

스즈키의 미트가 미세하게 내려갔다.

'기꺼이.'

2구에는 엘리치의 방망이가 돌았다. 하지만 존이 통제되는 라이징 패스트 볼의 끝을 겨우 건드릴 뿐이었다. 달리 콜

드 존이 아니었다. 그만큼 확률이 떨어지는 것.

'바깥쪽으로 한 방.'

스즈키의 미트가 슬그머니 콜드 존의 끝머리로 이동했다. 운비의 결정은 140㎞/h짜리 투심이었다. 가운데서 살짝 빠지며 들어오던 공. 엘리치의 배트가 나오자 기다렸다는 듯이 밖으로 휘었다. 방망이는 저 홀로 돌았다. 횡으로 휘는 무브먼트가 플러스급이었다. 삼구 삼진. 콜드 존을 파고 드는 제구가 제법 먹히고 있었다. 더구나 오직 포심과 투심으로 이끌어낸 수확이었다.

2번 타자는 3루를 책임지는 프라도였다. 그는 뛰어난 유틸리티 플레이어에 속했다. 내야의 모든 수비가 가능한 자원. 투수를 기분 나쁘게 만드는 건 삼진을 잘 당하지 않는다는 것. 더구나 툭 밀어서 수비 시프트 사이로 굴리는 재주도 갖췄다.

그래도 약점은 있었다. 뜬 공보다 땅볼이 많아 병살타를 곧잘 치는 편이었다. 우투 우타를 치는 그는 바깥쪽 높은 공에 강점이 있었다.

그걸 알기에 당연히, 스즈키의 미트는 반대편의 콜드 존으로 이동했다. 초구를 커터 사인이 왔다. 존을 타고 타자의 옆구리 쪽을 팠지만 배트가 돌지 않았다. 공 하나가 빗나간 것이다. 비슷한 코스에 하나 더 찔렀다. 이번에도 배

트는 나오지 않고 한 걸음 물러서는 프라도. 선구안이 빛을
발하고 있었다.

'포심.'

커터 다음의 선택은 포심이었다. 그 역시 콜드 존의 코너
를 찌르는 공. 배트가 돌았지만 3루 측 파울이 되었다. 이
어진 체인지업과 포심은 아깝게도 볼 판정을 받았다. 7구는
커터를 뿌렸다. 프라도가 중심을 뒤틀며 커트를 해냈다. 제
대로 맞지는 않지만 걷어내는 데도 일가견이 있는 프라도.

'포심!'

스즈키의 마지막 선택은 정면 승부였다. 첫 등판과 달리
아직 어깨가 다 풀리지 않은 운비. 스즈키에게 역으로 사인
을 보냈다.

'커터.'

'……?'

'커터라고요.'

'오케이.'

운비가 재확인하나 스즈키가 미트를 이동했다. 한 발을
벌린 스즈키가 자세를 잡았다. 그 미트를 향해 운비의 커터
가 날아갔다.

짝!

프라도의 배트가 돌았다. 공은 2루수 앞이었다. 빗맞은

공은 맥없이 2루수에게 굴러갔다. 공이 너무 느린 탓에 타자가 베이스에 가까워졌다. 필립스는 글러브 토스로 공을 뿌렸다. 공은 간발의 차이로 1루수 글러브에 들어갔다.

투아웃!

1루심의 주먹이 번쩍 올라갔다.

까다로운 타자였다. 숨을 고른 운비, 오수나와 맞섰다. 전형적인 풀히터로 좌측 타구가 많은 선수. 특별히 패스트 볼을 좋아하는 선수였다.

'이놈은 스윙이 좀 길지.'

스즈키의 사인이 날아왔다.

그 말은 곧 삼진 비율이 높다는 뜻이었다. 자기 스윙을 하거나 공격적인 타자는 삼진의 부작용 또한 감수해야만 했다.

'슬슬 꼬드겨 보자고.'

스즈키의 선택은 다시 커터였다. 미트는 몸 쪽 높은 곳으로 향하다가 반대편으로 내려왔다. 양쪽 다 오수나의 콜드 존이지만 실투가 나오면 장타가 될 수 있는 곳이었다.

운비는 그걸 한눈에 보고 있었다. 몸 쪽 낮은 곳과 가운데 높은 곳에서 활화산처럼 타오르는 오수나의 핫 존. 공 하나 차이로 거기 꽂히면 펜스를 넘어가는 건 문제도 아닐 일이었다.

재미있게도 오수나는 한 치 차이를 두고 명암이 갈렸다. 핫 존 바로 왼쪽이 콜드 존이었고 바깥쪽 낮은 공들도 그의 타율을 깎아 먹는 아킬레스건이었다. 바로 지금, 스즈키의 미트가 멈춘 그곳.

'체인지업.'

스즈키의 판단은 그랬다. 오수나는 변화구에도 약했다. 그러니 잘하면 투구 수를 세이브할 수 있는 전략이기도 했다.

짝!

전략은 성공했다. 스트라이크존으로 날아오다 가라앉는 벌컨체인지업에 방망이가 돌았다. 배트는 공의 상단을 후려치며 땅볼을 만들었다. 운비가 팔을 뻗어 그 공을 잡았다. 천천히 1루에 뿌려 이닝을 마감했다. 산뜻한 삼자범퇴였다.

2회 초.

두 번째 타자로 나간 필립스의 타구가 우중간에 떨어졌다. 이어진 타석에서 스즈키는 진루타를 쳐냈다.

투아웃에 2루.

8번으로 나온 가르시아는 땅을 치고 말았다. 배트 가운데 제대로 맞춘 공이 동물적 감각으로 점프한 에차바리아에게 잡힌 것이다. 총알 같은 라인 드라이브였다.

"방금 보셨습니까? 에차바리아… 기가 막힌 수비로 한 점을 세이브합니다."

"그렇습니다. 빠져나갔으면 2루 주자가 들어왔을 겁니다."

"올해도 우리의 유격수는 건재합니다. 에차바리아……."

"시즌 개막 후 벌써 두 번째 호수비죠? 올해는 제발 타격만 터져주기를 바랄 뿐입니다."

중계석의 중계를 들으며 운비가 공을 잡았다. 말린스의 2회 말 공격은 스텐톤부터였다.

드렉 스텐톤.

변화구가 들어오면 거의 놓치지 않는 타자. 파워가 막강해 빅 리그의 수퍼맨으로도 불린다. 수비도 좋고 어깨도 좋아 그가 외야에서 공을 잡으면 상대 팀들이 껄끄러워지는 경우가 많았다. 특히 장외 홈런에 버금가는 엄청난 비거리의 홈런은 그의 트레이드 마크가 될 정도였다.

"……"

스텐톤의 매직 존을 본 운비, 넘어오던 호흡을 그대로 삼켜버렸다. 패스트 볼의 콜드 존 때문이었다. 정 가운데를 세로로 잘라, 중심을 빼면 바로 그 존이다. 투수가 선택하기 쉽지 않은 존이었다.

스즈키의 데이터가 그걸 모를 리 없다. 미트는 하필, 딱 그 위치였다.

'까짓것……'

아홉 개의 존에서 25개의 존으로 변한 매직 존. 당연히 스텐톤의 콜드 존도 두 배로 늘어났다.

3—8—18—23.

표적이 둘보다 넷이 나은 건 당연지사. 어깨 힘을 빼고 23번 존을 향해 포심을 뿌렸다.

짝!

스텐톤의 방망이가 벼락처럼 돌았다. 군더더기 없이 스마트하게 말아 올린 스윙이었다. 공 하나가 높아지면서 18번 존 위쪽으로 걸친 걸 후려친 것이다. 그가 최고로 좋아하는 13번 존에 들어갈 뻔한 공이었다.

"파울!"

공이 1루 쪽으로 휘자 심판이 콜을 했다.

2구는 커터를 뿌렸다. 처음 궤적은 초구와 비슷했다. 하지만 플레이트 부근에서 안으로 휘었다.

짝!

타격음과 함께 스텐톤의 방망이가 작살이 났다. 공은 3루쪽 파울라인을 벗어나 말린스의 더그아웃으로 굴러갔다. 운비 커터의 배트 저격이 시작되었다. 6구까지 가는 동안 운비가 부러뜨린 배트만 세 개였다. 그리고, 마침내 7구… 바깥쪽으로 흐르는 투심으로 스텐톤에게 엿을 먹이고 말았다.

"스뚜아웃!"

주심의 콜이 나오자 운비는 주먹으로 허공을 후려쳤다. 힘에서 밀리지 않은 승부. 스텐튼은 현재 말린스의 상징이기도 했으니 의미심장한 순간이었다.

그래도 엘리스는 수월했다. 초구로 들어간 커터를 타격, 공은 1루수 앞으로 굴러갔다. 1루를 지키던 프리먼이 공을 잡아 자연 태그로 투아웃을 잡았다.

다음 타자는 바우어. 6번에 있지만 3번이나 5번을 쳐도 어울릴 타자였다. 펀치력이 뛰어난 풀히터로 확실한 자기 스윙을 가지고 있다.

게다가…….

좌타석에 들어선 그는 장갑조차 끼지 않은 맨손이었다.

'패스트 볼로 가자고. 타격이 좀 거칠거든.'

스즈키의 미트가 움직였다. 매직 존이 불타올랐다. 오프 스피드 피치의 바깥쪽은 거의 다 그의 핫 존이었다. 그러나 패스트 볼은 달라, 바깥쪽 공에 큰 강점이 없었다.

뻑!

초구는 좌타자의 무릎 근처에서 바깥쪽으로 빠지는 커터였다. 타자가 속지 않았다. 2구는 포심이 날아갔다. 커터와 같은 궤적이었지만 홈 플레이트 근처에서 발딱 고개를 들었다.

짝!

바우어의 방망이가 엄청나게 돌았다. 무식하게 힘으로만

조져댄 공. 정타가 아니라 공은 멀리 뻗지 않았다. 그러나 포구는 쉽지 않았다.

"마이!"

필립스가 두 팔을 휘저으며 후진했지만 공이 좀 더 길었다. 그 공은 결국 리베라의 글러브 안으로 들어갔다. 자칫하면 행운의 안타를 줄 뻔한 타구였다.

3회 초.

선두 타자로 나선 프리먼에게 행운이 찾아왔다. 첸웨옌의 공 두 개가 거푸 볼이 되더니 직구 하나에 이어 또 두 개의 볼이 꽂힌 것. 프리먼은 방망이를 내던지고 1루를 밟았다. 거기서 필립스의 장타가 터졌다. 첸웨옌의 3구로 들어온 커브를 노려 담장까지 날려 버린 것. 프리먼은 전력 질주해서 홈을 밟았다.

1 대 0.

브레이브스의 전사들이 전광판에서 먼저 0의 행렬을 지워버렸다.

1.

그 작은 숫자가 주는 위안과 벅참이 운비를 행복하게 만들었다.

3회 말과 4회 말, 운비의 공은 잘 긁혔다. 타자들이 맥없이 물러난 것. 그러다 5회 말에 위기를 맞게 되었다. 그 또

한 말린스의 대표 타자 스텐톤의 위엄이었다.

다시 커터에 방망이가 부러진 스텐톤, 4구로 들어간 투심을 공략해 좌전 안타를 만들었다. 그나마 빗맞은 타구였다. 두 번째 타석이기에 작심하고 나온 스텐톤. 그러나 운비의 디셉션과 딜리버리가 만든 독특한 투구 폼은 여전히 타격 포인트를 잡기가 어려웠다. 덕분에 행운이 섞인 안타에 만족하는 스텐톤이었다.

이어 나온 엘리스의 타구 역시 유격수 키를 넘어버렸다. 그의 타격 포인트가 기가 막혔다. 덕분에 노아웃 1, 2루에 몰린 운비였다.

두 이닝 동안 잠잠했던 해일이 몰아닥쳤다. 주자가 둘이니 1 대 0의 리드는 단숨에 뒤집힐 수도 있었다.

헤밍톤이 마운드로 올라왔다.

"바꿔줄까?"

헤밍톤이 웃었다. 운비도 피식 미소로 답했다.

"어때?"

스즈키를 돌아보며 구위를 점검하는 헤밍톤.

"문제 없죠."

스즈키 역시 미소로 운비 편을 들었다. 헤밍톤은 공을 닦아 건네주고는 더그아웃으로 돌아갔다. 타석에는 바우어가 들어와 있었다. 외야의 수비 위치가 조금 수정이 되었다. 장타에 대비한 수비 대형이었다.

1, 2구는 연속 커터를 꽂았다. 하나는 볼이고 또 하나는 파울이 되었다. 바우어 역시 배트 하나를 부러뜨려 먹고 다시 타석에 섰다.

'체인지업.'

스즈키의 미트가 속셈을 드러냈다. 더블플레이를 위한 땅볼 유도용이었다. 그립을 쥔 운비, 실밥을 고르며 마음을 달랬다.

잘될 거야.

운비의 손에서 3구가 날아갔다.

짝!

배트와 함께 공이 운비 앞으로 날아왔다. 본능적으로 팔을 뻗어 막았다.

"3루!"

스즈키가 소리쳤다. 떨어진 공을 재빨리 주운 운비, 3루에 뿌려 선행 주자를 잡았다. 공은 다시 1루로 날아갔지만 병살타는 실패했다.

원아웃 1, 2루.

위기는 여전히 진행형이었다.

타석에 나온 고든. 사실은 리드오프로 나와야 할 선수였다. 그만큼 발이 빠르다. 도루왕도 기록하고 있는 준족이었다. 웬만하면 내야안타를 노릴 상황. 커터의 실밥을 살짝 밀어냈다. 슬라이더에 가까운 커터가 필요했다.

'해보자.'

운비는 상황을 즐겼다. 원아웃 1, 2루. 밋밋하게 타자를 잡는 것보다 훨씬 쫄깃한 상황이었다.

"와아앗!"

공은 가운데 존에서 살짝 밖으로 휘었다. 고든의 배트가 나왔다. 공은 3루 가르시아 쪽이었다. 선상으로 날아오는 공을 향해 가르시아가 몸을 날렸다. 공은 글러브 상단을 치고 앞으로 굴렀다. 모든 주자가 살았다.

원아웃 만루.

수비가 아쉬웠지만 어쩔 수 없었다. 좋게 보면, 선상을 따라 흘러갈 것을 막아준 것만 해도 다행이었다. 여기서 말린스가 승부수를 띄웠다. 투수 첸웨옌을 빼고 백전노장 순 이치로를 대타로 낸 것.

이치로.

익숙한 이름의 그가 타석에 들어섰다.

"와아아!"

말린스 구장은 완전한 흥분의 도가니였다. 마운드에는 루키. 타석에는 안타 머신 이치로. 거기에 더해 풀 베이스. 오늘 게임의 승부처가 바로 여기였다.

'이치로······.'

운비도 당연히 그를 알았다. 지금은 노쇠했지만 한 때는 빅 리그를 호령하던 일본의 교타자. 3000안타 달성을 눈앞에 둔 그의 컨택 능력은 아직도 녹슬지 않고 있었다.

"파이팅 황!"

외야의 리베라가 목소리를 높였다.

"파이팅!"

스탠드의 윤서도 목이 터지고 있었다.

전설 이치로······.

운비 앞에 서 있었다. 작지만 다부진 타격 자세였다. 두렵지 않았다. 그가 휘젓던 시절은 운비의 시간이 아니었다. 그러나 지금, 여기··· 마운드의 주인은 운비인 것이다. 진정한 빅 리그의 에이스가 되려면 늙은 사자의 포효에는 미동도 하지 말아야 했다.

'포심으로 갑니다.'

운비가 먼저 사인을 보냈다. 컨택 능력이 있다지만 마흔을 넘긴 나이. 운비의 라이징이라면 쉽게 통타당하지 않을 것도 같았다.

'요리해 보자고.'

스즈키의 미트가 중심을 잡았다.

"와앗!"

뻑!

초구는 외곽의 콜드 존으로 꽂혔다. 이치로는 반응하지 않았다.

'커터, 안쪽으로.'

안쪽.

이치로는 오히려 낮은 쪽의 패스트 볼에 강했다. 그렇기에 스즈키의 리드는 문제가 없었다.

커터.

고든에게는 실패한 더블플레이. 그걸 이치로에게서 이룰 수 있을까? 1루 주자를 쏘아보던 운비, 퀵 모션으로 커터를 뿌렸다. 과거의 영웅을 위해 RPM을 살짝 높인 투구였다.

"……."

이치로…….

타격 포인트에서 그의 눈이 독사처럼 번득였다. 감을 잡은 그의 배트가 무섭게 돌았다. 하지만 그 소리는 그리 청명하지 못했다.

짝!

먹힌 소리와 함께 배트가 박살 나며 두 개의 물체가 그라운드로 튀었다. 공은 필립스 앞에 떨어졌다. 오늘 장타로 타점을 올린 필립스, 수비도 안정된 날이었다. 자세를 낮추고 공을 잡은 필립스, 베이스 커버에 들어온 스완슨에게 공을 뿌렸다.

베이스를 밟은 스완슨이 훌쩍 날아올랐다. 고든의 터프한 슬라이딩을 피해야 했던 것. 공이 살짝 높았지만 프리먼이 점프로 잡아냈다. 그사이에 이치로의 발이 베이스를 지나갔다.

"……!"

그라운드는 잠시 침묵에 휩싸였다. 1루심의 콜이 한 타임 늦은 것.

"세… 아웃!"

두 팔을 펼치려던 1루심, 황급히 모션을 바꾸며 아웃을 선언했다. 이치로의 짜증이 작렬했지만 판정이 바뀔 리 없었다.

"와아아!"

브레이브스 팬들이 환성을 질렀다. 일대 위기를 넘긴 운비. 더블플레이를 완성시킨 스완슨, 필립스와 글러브를 마주쳤다. 아웃 카운트는 투수만 잡는 게 아니다.

동료들의 빛나는 조력으로 운비의 투구가 더욱 돋보인 한 회였다.

6회 초.

말린스의 투수가 바뀌었다. 타격 차례에서 이치로로 대치된 첸위옌을 대신해 제크 펠프스가 마운드에 올랐다. 든든

한 허리로 불리는 펠프스. 말린스도 오늘 게임을 포기하지 않겠다는 의지였다.

펠프스는 다양한 구질을 가진 투수였다. 선발부터 롱 릴리프까지 가능하다. 유틸리티 타자가 있듯이 유틸리티 투수라고 봐도 옳을 것 같았다.

그러나 패스트 볼 자체가 위력적인 것은 아니었으니 그게 가르시아에게 행운을 가져다주었다.

2구로 들어온 포심을 받아쳐 깨끗한 안타를 만들어낸 것. 무사에 주자가 나가자 브레이브스의 스탠드가 끓어올랐다.

이제는 운비 차례였다. 타석으로 나가던 운비가 걸음을 멈췄다. 사인이 나왔다.

번트!

어쩌면 운비도 짐작하던 일이었다. 번트로 주자를 2루에 두고 인시아테나 리베라의 한 방을 노리자는 전략. 운비는 방망이를 짧게 잡았다.

초구는 슬라이더였다. 궤적이 좋지 않아 방망이를 뺐다. 그게 스트라이크 판정을 받았다.

'이게?'

운비는 주심을 바라보았지만 주심은 운비를 외면해 버렸다. 2구는 바깥쪽으로 조금 빠졌다.

볼카운트 1─1.

펠프스는 주자를 묶기 위해 견제구를 던졌다. 가르시아는 부지런히 베이스를 들락거렸다. 그리고… 3구로 날아온 포심에 운비가 배트를 들이댔다.

'힘을 죽이고……'

내셔널리그의 투수들은 번트 연습을 많이 한다. 운비 역시 그랬다.

번트는 쉽지 않다. 세밀한 테크닉이 필요하다. 하지만 목적은 간단했다. 주자를 진루시키면 되는 것이다.

딱!

방망이 중심에서 힘을 뺀 공. 정석대로 투수와 1루수 사이로 굴러갔다. 그래도 투수 쪽에 가까웠지만 가르시아는 이미 안정권이었다.

"아웃!"

1루심의 콜을 들으며 운비가 돌아섰다. 보내기 번트는 성공이었다.

남은 건 인시아테와 리베라의 적시타 한 방. 하지만 펠프스 역시 허수아비가 아니었다. 교묘한 코너워크로 인시아테와 맞서던 펠프스. 볼카운트 2─2에서 몸 쪽 꽉 차는 체인지업으로 인시아테의 타이밍을 뺏어버렸다.

삼진!

최악의 결과가 나오고 말았다.

"와아아!"

말린스 팬들이 목청을 높였다. 이제는 투아웃. 하나 남은 아웃 카운트이니 안도가 되는 모양이었다.

"리베라, 한 방 날려!"

타석으로 나가는 리베라에게 알비에스가 외쳤다. 씨익, 흰 이를 드러내고 나간 리베라가 타석에 자리를 잡았다. 끈질긴 승부가 펼쳐졌다.

리베라는 네 개의 파울을 걷어내며 볼카운트 3─2의 아슬아슬한 줄타기를 이어나갔다.

그리고… 마침내 리베라의 눈가에 짜릿한 미소가 스쳐갔다. 기다리던 투심이 들어온 것이다.

짝!

간결하게 돌아간 스윙이었다. 공은 달리는 가르시아의 가랑이 사이로 흘러나갔다. 유격수가 다이빙 캐치를 시도했지만 잡을 수 없었다.

가르시아가 3루를 돌았다. 공이 중계되고 있었다. 그래도 주자의 발이 빨랐다. 브레이브스의 전광판에 한 점이 더 새겨졌다.

2 대 0.

리베라가 운비에게 준 선물이었다.

6회를 넘긴 운비, 7회 원아웃 후에 오수나에게 일격을 가했다. 삼구 삼진이었는데, 마지막 체인지업의 브레이크가 기가 막히게 들어갔다.

기쁨은 오래 가지 않았다. 스텐톤에게 초구로 들어간 투심이 통타당한 것.

리베라가 전력 질주했지만 공은 펜스까지 굴러갔다. 2루타였다.

다음으로 나온 엘리스에게 볼넷을 허용했다. 낮게 들어간 3구와 4구가 거푸 볼 판정을 받은 게 아쉬웠다. 천국에서 지옥까지. 투수의 운명이었다. 자칫하면 눈 깜빡할 사이에 판이 뒤집히는 것이다.

"아, 오늘 주심의 존이 짠물이군요."

중계석의 탄식이 바로 운비의 심정이었다.

원아웃에 1, 2루.

헤밍톤이 마운드로 올라왔다.

"수고했어."

그가 운비로부터 공을 넘겨받았다.

짝짝짝!

마운드를 내려오는 운비에게 박수가 쏟아졌다. 6과 3분의 1이닝 무실점. 루상에 동점주자를 남겨두었지만 박수를 받을 만한 투구였다.

"운비야!"

스탠드의 윤서가 손을 흔들었다. 그 옆의 스칼렛 역시 손을 들어보였다. 운비는 가볍게 화답해 주었다. 이제는 더그아웃에서 다음 상황을 주목해야 할 입장이었다.

브레이브스의 불펜.

진화할 것인가? 아니면······.

타석에는 바우어가 들어섰다. 그를 상대할 스페셜리스트는 투산이었다.

바우어는 선구안이 떨어지고 있는 선수. 너클성 슬라이더의 투산이라면 좋은 상대가 될 수 있었다.

운비는 호흡을 가다듬었다. 그라운드가 한눈에 들어왔다. 루상에 남겨둔 두 명의 주자. 저들이 다 들어오면 승리 투수는 물 건너갈 판이었다. 하지만 결과 같은 건 생각하지 않았다. 여기까지, 운비는 최선을 다한 것이다. 이제는 투산이 그럴 차례였다.

투산의 초구가 들어갔다.

뻑!

소리가 괜찮았다. 공 하나 낮았지만 각이 좋은 커브였다. 2구를 살짝 뺀 투산, 3구는 몸으로 붙는 슬라이더를 던졌다. 바우어는 반응하지 않았다.

"수뚜악!"

주심의 콜이 그라운드를 울렸다. 볼카운트 2—1. 4구가 중요한 순간이었다. 1루를 견제한 투산. 다시 미트를 노려보았다. 그리고, 그의 손에서 공이 날아갔다.

짝!

소리와 함께 브레이브스의 더그아웃 선수들이 일제히 일어섰다. 공은 3루수 앞 땅볼이었다. 너클성 슬라이더에 배트가 완전히 먹힌 것이다.

가르시아는 러닝스로우로 2루에 공을 뿌렸다. 그 공은 다시 1루로 날아갔다.

"아웃!"

1루심은 그라운드를 후려 패듯 콜을 외쳤다.

"와아아!"

브레이브스의 더그아웃과 스탠드에서 함성이 터졌다. 말린스의 동점 기회가 날아간 것이다. 그라운드를 나오던 필립스와 켐프가 투산의 뒷통수를 두들겼다. 투산은 행복한 표정이었다.

투산은 8회에도 던졌다. 선두 타자 고든에게 볼넷을 주며 애를 태웠지만 나머지 타자들을 상대로 실점을 허용하지 않았다. 그렇게 9회를 맞았다.

9회 말.

브레이브스의 마운드에는 카브레라가 나와 있었다. 불펜

의 원투펀치로 자리매김한 카브레라. 오늘은 싱커의 명인 존슨을 대신해 대미를 장식할 각오였다.

말린스는 포기하지 않았다. 그들은 타순이 좋았다. 3번 오수나부터 시작하는 타순이었다.

"2 대 0……."

브레이브스 중계석이 흥분하기 시작했다. 승리가 눈앞에 있었다. 이대로 끝내기만 하면 연승이었다. 5승 3패가 되는 것. 하루 쉬고 기분 좋게 홈 개막식을 가질 수 있었다.

"카브레라… 요즘 제대로 긁히고 있죠?"

캐스터가 소리를 높였다.

"그렇습니다. 오늘도 반드시 승리를 지켜주리라 믿습니다."

"그래야죠. 루키 황… 혼신의 피칭으로 말린스의 불꽃 타선을 막았지 않습니까?"

"올해… 브레이브스가 기어이 사고칠 것 같습니다. 그렇죠?"

"포스트 시즌 말이군요?"

"아무도 예상하지 못했지만 우리 둘은 했었죠?"

"그럼요. 지구의 주인공은 영건들입니다. 팜 랭킹 1위인 우리 브레이브스… 포스트 시즌에 못 나가라는 법은 없죠."

"맞습니다. 그 중심에는 황과 리베라가 있습니다. 황은 막고 리베라는 뚫어냅니다."

"이렇게 되면 다른 팀에서도 우리 BFP 시스템 도입을 카피할 가능성이 높아지는 데요?"

"하트 단장의 몸값이 높아지는군요."

"하트 단장에 더불어 황과 리베라의 몸값도 올라가겠죠."

"아, 말씀드리는 순간 오수나의 공이 우익수 리베라에게 잡혔습니다. 자칫하면 빠질 수 있는 공이었는데요."

"메츠에 세스페데스, 그랜더슨, 브루스의 막강 외야가 있다면 우리 브레이브스에는 인시아테와 리베라, 켐프가 있습니다. 리베라가 우익수를 맡으면서 외야가 패티 잔뜩 들어간 햄버거처럼 두툼해졌습니다."

중계와 함께 스텐톤이 타석에 들어섰다.

이때까지 말린스의 전광판 R에는 0의 행렬뿐. 그걸 깨고 싶은 스텐톤의 눈빛이 반짝거렸다.

짝!

4구로 들어간 포심이 맞아나갔다.

"……!"

맞는 순간 스탠드 관중들의 눈길이 공을 따라나갔다. 공은 중견수 쪽이었다. 스텐톤은 그라운드의 슈퍼맨으로도 불리는 타자.

비거리가 상상 이상이니 제대로 맞으면 구장을 넘어갈 수도 있었다. 하지만 타구는 조금씩 숨이 죽기 시작했다. 임팩트 순간에는 홈런으로 보이던 공. 바람을 타고 내려앉으며 인시아테의 글러브 안으로 들어갔다.

투아웃!

"으악."

말린스 팬들의 입에서 김 빠지는 소리가 나왔다.

"황!"

더그아웃에서 투산이 운비 옆으로 다가왔다.

"2승이 눈앞이네."

"형 덕분이에요."

"하하, 내가 뭘… 아까 그거 못 막았으면 팬들에게 도끼 맞았을걸?"

"예?"

"몰라? 일부 팬들이 너를 수호신으로 부르고 있더라고. 그러니 수호신이 남긴 찌꺼기 처리를 못 하면 무사하겠어?"

투산이 웃는 사이 엘리스의 공이 리베라 앞으로 날아갔다. 리베라는 거의 움직이지 않은 채 공을 잡았다. 운비는 2승, 카브레라는 세이브를 챙기는 순간이었다.

"황!"

플라워스가 두 팔을 내밀었다. 하지만 그는 운비를 안지 못했다. 헤밍톤이 먼저 운비 팔목을 당겨 가로챈 것.

"코치님!"

플라워스가 볼멘소리를 냈지만 헤밍톤은 개의치 않았다.

"최고였네."

헤밍톤과 스니커의 엄지가 동시에 올라갔다. 어느새 더그
아웃으로 달려온 리베라가 운비를 향해 슬라이딩 공격을 했
다.

"축하한다. 2승."

"땡큐!"

운비가 웃었다. 그러자 대선배 콜론이 운비의 등을 밀었
다. 더그아웃에서 나온 운비는 스탠드를 향해 손을 흔들어
주었다.

짝짝짝!

박수가 쏟아졌다. 팀의 연승에 기여한 운비. 꿈에도 그리
던 메이저리그 1승에 이어 또 한 번의 승을 추가하는 날이
었다.

클럽하우스는 열광에 취했다. 음악 소리와 웃음소리가
높아 나이트클럽을 방불케했다.

"으아, 올해는 왠지 우리 팀이 사고칠 것 같단 말이지."

켐프와 필립스는 팀의 분위기를 이끌었다. 볼륨 높은 음
악처럼 사기도 높았다.

두 번 등판에 2승.

거기에 더해 착한 방어율.

시작이 좋았다. 더할 나위 없이 좋았다. 운비의 피는 격하게 뜨거워져 갔다.

9. 도끼의 부활 I

좋았다.

모든 게 좋았다.

리사의 인터뷰도 좋았고 한국 기자들과의 인터뷰도 좋았다. 그래도 한 가지는 지켰다. 오버하지 않는다는 것. 빅 리그는 이제 시작이었고 넘어야 할 타자들은 산처럼 쌓여 있었다. 그 타자들이 보통 타자들인가? 생각만 해도 몸서리가 쳐지는 타자들……

실은 그게 더 좋았다. 하나하나가 타석에서 만나고 싶은 타자들이었다. 두려움이 아니라 설렘이었다. 존경하고 부러

위하던 타자들은 만나는 것이다. 방송이 아니라 마운드였다. 눈팅이 아니라 대결이었다.

다음 날 브레이브스는 홈으로 돌아갔다. 이제 고대하고 고대하던 홈 개막전 주말이었다. 비행기가 도착하기 무섭게 기자들이 몰려들었다. 스니커는 기꺼이 기자회견에 응했다. 초반 지지부진한 연패를 당하며 지역 언론에게조차 외면을 받던 지난해의 감독과는 위상이 달랐다.

"초반 열풍을 어떻게 생각하십니까?"

흑인 기자로부터 반가운 공세가 시작되었다.

"열풍인지 태풍인지는 지켜보시면 알 겁니다."

코칭스태프를 전부 거느리고 선 스니커는 여유가 있었다.

"현재의 팀 스탠딩이 실력이라는 말로 해석해도 됩니까?"

"그걸 알고 싶으면 우리 선수들을 보면 됩니다. 우리 선수들… 현재의 순위에 모자라는 선수 구성입니까?"

"……."

질문을 한 기자는 스니커의 달변에 말을 잃고 말았다. 더는 토를 달 수 없는 대답이었다.

"초반 강세는 고무적이지만 루키들입니다. 기복이 심하니 그 활약이 언제까지 지속될 수 있을지는 알 수 없습니다. 코칭스태프의 대책은 무엇입니까?"

다른 기자가 나섰다.

"세상은 언제나 새로운 인물들이 이끌어갑니다. 야구라고 다를 게 없습니다. 빌 게이츠가 처음 컴퓨터 혁명을 가져왔을 때도 기자들은 그렇게 생각했을 겁니다. 저 어린 친구가 뭘 알겠어? 조금 하다 말겠지……."

"루키들에 대한 신뢰가 대단하군요."

"루키뿐만 아니라 기존 선수들도 마찬가지입니다. 새 차에 탄 사람은 다 한마음일 수밖에 없지요. 브레이브스 도끼의 날은 하나입니다."

"콜론도 동의합니까?"

기자의 시선이 선수단에게 돌아갔다.

"우리야 감독님이 까라면 까는 거지요."

콜론의 대답은 재치 그 자체였다. 기자들은 물론, 코칭스태프까지 웃음바다가 되었다.

"팬들은 BFP 프로그램으로 성장한 두 선수에 주목하고 있습니다. 황과 리베라, 앞으로 팀에서 어떤 역할을 하게 될지 한 말씀 부탁합니다."

"BFP 프로그램은 앞으로 우리 팀에 꼭 필요한 선수를 육성하는 키가 될 것입니다. 올해는 그 원년으로써 투수와 함께 다소 취약한 외야 한 자리를 채웠지만 내년부터는 포수와 내야수 등, 팀이 원하는 포지션별로 집중 조련이 되는 프로그램으로 발전해 갈 것입니다."

"황은 앞으로도 계속 5선발입니까? 선발 투수진에 부상자가 있다는 소문이 있습니다만."

"1, 2, 3, 4, 5선발은 편의상의 구성입니다. 어느 팀이건 '고정'이란 있을 수 없습니다. 특히 길고 긴 시즌을 감안하면 말이죠."

"그 말은 황이 기존 개념의 5선발이라는 의미는 아니라는 거로군요?"

"이제 우리는 파드리스의 전사들을 맞아 홈 팬들 앞에서 개막 4연전을 펼치게 될 것입니다. 이 경기부터 브레이브스의 진짜 선발투수 로스터가 돌아간다고 보면 될 것입니다."

브레이브스의 진짜 로스터.

표정은 웃고 있지만 스니커의 폭탄선언이었다.

홈 개막전.

여덟 게임을 하고 돌아왔다. 오늘 하루 쉬고, 내일 등판은 테헤란이 내정되었다. 그다음은 백전노장 콜론, 그리고 그다음이 딕키, 마지막 날 차례는 운비였다.

1-테헤란.

2-콜론.

3-딕키.

4-황운비.

감독의 말대로라면 운비는 이미 4선발이었다. 상당수 사람들은 감을 잡았다. 그렇기에 토모의 인상이 일그러지고 있었다. 그는 4연전 이후에 이어지는 내셔널스와의 첫 게임에 내정된 상태였다.

메츠와 함께 지구의 강력한 선두로 예상되는 내셔널스. 시즌 첫 게임에 내정됨으로서 에이스급 대우라며 콧대를 높이던 토모의 자존심에 쩌저적 금이 가고 있었다.

"스니커!"

마지막은 여기자의 차례였다. 리사와는 반대의 몸매를 가진 거구의 흑인 여성이 늘어지는 배를 멜빵바지 안에 가둔 채 질문에 나섰다.

"초반 여덟 게임은 선전했습니다. 하지만 앞으로의 7연전이 브레이브스의 분수령이 될 것 같습니다. 다소 약체로 평가되는 파드리스 다음에 지구 최강 내셔널스와의 3연전이 있습니다. 이 일곱 게임을 어떻게 대처할 건지 알려주세요."

"지난해, 그리고 지지난해, 브레이브스의 도끼 전사들은 도끼질을 잘 몰랐습니다. 그저 휘두르기만 했죠. 제대로 찍기도 했지만 헛손질에 지쳐 나가떨어졌던 게 한두 번이 아닙니다. 하지만 올해는 다릅니다. 일단 파드리스는 3승 1패를 목표로 잡고 있습니다. 그렇게 되면 우리 팀 스탠딩이 8승 4패가 됩니다. 승률이 무려 0.667이 되는 거죠. 그게 무엇을 의미하는 지는 여러분이 잘 아실 겁니다."

스니커의 설명에 기자들이 일제히 고개를 들었다.

승률 0.667.

그건 강자의 공식이었다. 시즌 내내 그 승률을 유지한다면 포스트 시즌에 갈 수 있는 것이다.

"포부는 마음에 드네요. 하지만 그다음은 내셔널스입니다."

"그게 뭐가 어째서요? 우리는 메츠하고도 대등하게 싸웠습니다. 내셔널스는 뭐가 다릅니까? 도끼 전사들의 도끼에는 새파란 날이 섰고 우리는 이제 이기는 법을 알고 있습니다. 승리가 주는 달콤함의 진미도 알기 시작했습니다. 여러분은 그저, 지켜보기만 하면 됩니다. 아, 기왕이면 우리 전사들이 다치지 않도록 기도도 부탁합니다."

스니커는 위엄과 유머를 자유롭게 드나들었다. 기자들은 그의 달변에 뻥 터지고 말았다.

"황에게 묻겠습니다."

코칭스태프와의 시간이 끝나자 질문은 운비에게 쏠렸다.

"디셉션과 딜리버리가 독특합니다. 그게 스니커에게서 배운 도끼질입니까?"

미국 기자들은 운치가 있었다. 질문도 그랬다.

"맞습니다. 상대를 만나면 거침없이 팍팍!"

운비의 말은 윌리 윤이 조금 윤색해서 전해주었다. 미국식 분위기에 딱 맞추는 것이다.

"커터가 위력적인데 만약 맞기 시작하면 어떻게 대처할 겁니까?"

"더 강한 커터로 맞서겠습니다."

운비의 대답은 윌리 윤의 입에서 살짝 윤색되어 나왔다.

"더 강력한 도끼로 대처하겠습니다. 찍소리도 못하게요."

같은 말이지만 통역의 매력이 묻어났다.

"현재까지의 투구만 놓고 보면 신인왕급인데 올해 목표는 몇 승입니까?"

몇 승!

뜨거운 질문이 나왔다. 선수단의 루키들이 운비를 바라보았다. 특히 토모의 시선이 강렬했다.

"Sixteen!"

운비가 잘라말했다. 이미 리사에게 공표한 사실. 그건 이제 빼도 박도 못하는 명백한 사실이었다.

"16승. 우!"

기자들의 입에서 탄식이 나왔다.

16승.

한 팀의 에이스라면 당연히 바라볼 승수였다. 하지만 운비는 아직 브레이브스의 에이스가 아니었다. 주목받고 있지만 고작 루키. 게다가 빅 리그가 첫 시즌인 신인의 포부치고는 너무 컸던 것이다.

"팀에서는 그 절반만 해도 대성공으로 볼 텐데요."

절반이라면 8승. 사실 데뷔 첫해의 신인이 8승을 건진다면 그것만 해도 엄청난 성과일 수 있었다.

"Sixteen."

운비는 다시 한번 말했다. 잘난 척은 아니었다. 꿈이란 질병과 같은 것. 자랑해야 했다. 입안에 든 목표는 언제든 변할 수 있었다. 잘 안 되면 12승으로… 그러다 8승으로… 나중에는, 5승만 해도… 그런 식으로 낮아지면서 자기합리화가 될 수 있었다.

하지만 이미 공표된 꿈은 그러기 힘들었다. 이루지 못하면 비난이 따를 뿐이었다.

"좋습니다. 4선발이 16승이면 1, 2, 3선발 역시 비슷한 승수를 올려야겠죠. 그것만 합쳐도 무려 60승 이상입니다. 나머지 선수들이 조금 도와준다면 80~90승 이상은 문제가 없겠군요. 그렇다면 지구 선두도 노려볼 수 있는 승수라는 거 알고 있나요?"

"예!"

"포스트 시즌에 나간다는 말입니까?"

"예."

내친김에 거기까지 대답했다. 지금 기분으로는 월드시리

즈도 문제없었다.

"좋습니다. 황이 오늘 약속한 대로 16승, 아니, 그 이상을 올려주시길 기대합니다. 다음은 리베라 선수……."

화살은 리베라에게 옮겨갔다. 리베라 역시 천연덕스럽게 인터뷰에 응했다. 운비도 리베라도 다 낙천적인 성격들. 기자회견장에서의 그들은 결코 루키가 아니었다.

기자회견은 점점 뜨거워졌다. 토모와 블레어, 카브레라와 투산, 알비에라 등의 신인들까지 차례로 공략하고서야 기자회견이 끝났다.

밖으로 나오니 팬들이 몰려와 있었다. 하지만 그들은 한국처럼 무대뽀로 달려들지는 않았다. 일정한 거리를 두고 공이나 사진을 흔들었다. 테헤란과 프리먼 등의 핵심 선수들은 사진이 있지만 운비와 리베라 등의 루키들 팬은 공을 흔드는 게 전부였다.

어린아이를 동반한 동양인 팬이 있어 사인을 해주었다. 아이와 사진도 찍었다. 중국인 부부였다.

집으로 돌아오자 윤서가 준비해 둔 테이블을 걷었다. 맛난 요리가 가득 올라와 있었다.

"스칼렛의 축하 요리야."

윤서가 스칼렛을 바라보았다. 멜빵바지의 스칼렛은 앞치마까지 두른 채 어깨를 으쓱해 보였다. 특별한 날이면 쉐프가 되는 스칼렛. 오늘도 솜씨를 발휘한 모양이었다.

"홈 개막전이야. 여기는 며칠 전부터 난리도 아니래."

운비 앞에 앉은 윤서는 흥분을 참지 못했다.

"난리도 아니지. 우리 선수들이 원정에서 선전하고 컴백했잖아? 이게 몇 년만인 줄 아나?"

스칼렛이 웃었다.

"개막전이라……."

치킨 슈트를 먹던 운비가 헤벌쭉한 표정을 지었다.

"어유, 2승 투수께서 그런 표정이 뭐야? 카리스마 팍팍 잡아야지."

"카리스마는 마운드에서나 필요하지. 먹을 때 그러면 체해."

"으음… 말 된다."

"그나저나 누나, 인시아테랑 무슨 사이야?"

"인시아테? 아니?"

"그런데 인시아테가 종종 누나 얘길 묻는다지."

"어머, 그러고 보니 어제 전화도 왔었어."

"전화?"

"응, 네가 승리투수 되었을 때… 동생 승리 축하한다고……."

"흐음, 그 친구가 동양의 미녀에게 속셈이 있는 모양이군."

스칼렛이 끼어들었다.

"속셈이라고요?"

윤서가 반응했다.

"뭐 그리 나쁘지는 않은 친구니……."

스칼렛은 여운으로 의견 피력을 대신했다.

"쳇, 뭐 유명한 야구 선수면 누가 네, 하고 덥석 물 줄 알고?"

윤서 코에서 콧바람 태풍이 밀려 나왔다.

"언제는 멋지다고 그러더니……."

"얘, 말 똑바로 해. 내가 인시아테가 멋지다고 말한 적은 한 번도 없어."

"그럼 알고 보니 콜론 스타일?"

스칼렛이 바로 변죽을 울렸다.

"아저씨!"

윤서의 눈자위가 꽉 구겨졌다.

"아아, 그만하고 식사하시죠. 스튜가 식습니다."

운비가 상황을 정리했다. 장난으로 한 말에 휘둘릴 필요는 없었다.

식사를 마치고 침대로 들어왔다. 밤이 깊었다. 원정에서 돌아온 첫날. 이 또한 첫 경험이었다.

'테헤란…….'

브레이브스의 에이스로 불리는 그를 생각했다. 스니커 감독의 말이 실현되려면 그가 첫 단추를 잘 꿰어야 했다. 그런데… 감독의 말은 과연 실현 가능한 걸까?

3승 1패.

되기만 하면 단숨에 지구 상위권으로 도약한다.

두근.

생각만 해도 심장이 벌떡거렸다.

물론이지.

운비의 판단은 그랬다. 파드리스 역시 브레이브스처럼 하위권에 분류된 팀이었다. 2, 3년 전 미친 듯이 준수한 선수들을 쓸어담던 프레디 단장, 지금은 그 방향을 바꾸어 유망주 헌팅에 나서고 있었다. 그렇기에 팀의 구성이 느슨하게 변해 버렸다. 이것도 아니고 저것도 아닌 팀. 죽도 아니오, 밥도 아닌 팀 컬러로 변한 게 파드리스의 현주소였다.

오죽하면 탱킹의 한 해라는 말도 있었다. 어쩌면 모욕적인 말이지만 때로는 그게 실리일 수도 있었다.

탱킹.

드래프트 때문이다. 올해 낮은 성적을 내면 내년 드래프트에서 상위 지명권을 얻을 수 있는 것. 거기서 쓸 만한 원석을 확보하면 그걸 옵션으로 삼아 대형 트레이드를 성사시킬 수도 있는 것이다.

파드리스의 프레디 단장이라면 그런 의심을 살 만도 했다. 그의 유망주 콜렉션이 그랬다. 크레이지 콜렉터라는 별명처럼 미친 듯이 유망주를 쇼핑하고 있는 프레디. 그는 대개의 팀들이 가는 지향점과 방향이 달랐다. 안정성보다 한번 터지면 대박이 될 모험성 선수를 선호하는 것. 어떻게 보면 도박처럼도 보였다. 그렇기에 파드리스의 팬들도, 브레이브스처럼 90년대를 그리워하고 있었다. 당시 한국의 박찬후가 뛰던 때, 파드리스에도 멋진 선수들이 즐비했던 것.

어쨌든!

개막전이었다. 브레이브스의 개막전. 지금까지 원정 홈팀의 개막전에 나섰던 브레이브스. 이제야 진짜 개막전을 치르게 되었다.

'어떨까?'

빅 유닛이 되었지만 설렘만은 어쩔 수 없었다. 운비는 200개로 정한 천장 토스에서 두 개를 채우지 못하고 잠이 들었다. 야구공은 얌전히 떨어져 운비 옆에서 함께 잠들었다.

운비가 아끼는 게임기와 함께.

＊　　　　＊　　　　＊

"와아아!"

"와아아!"

이것이 개막전이다.

이것이 리얼 홈 개막전이다.

실감이 났다. 클럽하우스의 풍경부터 그랬다. 입구에는 팬들이 장사진을 이루었다. 간판선수급인 테헤란과 프리먼, 콜론과 카브레라, 인시아테, 스완슨은 팬들의 환호에 행복한 비명을 질렀다. 토모 역시 일본팬들의 극진한 환영을 받았다. 일본인들의 환영은 공손했고 예의가 바랐다.

그렇다고 운비와 리베라가 찬밥 신세를 당한 건 아니었다. 운비 역시 한국인 팬들과 홈 팬들의 열렬한 환영을 확인했다. 그 증거는 리사에게서도 찾아볼 수 있었다. 대개 간판선수부터 인터뷰하는 관행을 깨고 운비를 먼저 찾아온 것이다.

"황!"

"리사……."

"기분 어때요?"

"죽입니다."

운비는 가벼운 흥분을 감추지 않았다.

"얼굴 보니 당장에라도 선발로 나가고 싶군요?"

"물론이죠."

"자, 우리 홈 팬들에게 한마디 부탁해요."

"안녕하세요. 개막전 4연전, 확 쓸어버리겠습니다."

운비는 카메라를 향해 승리의 V자를 그려보였다.

"그 약속을 꼭 이루길 바라요."

리사가 떠난 자리는 차혁래가 대신했다. 다른 한국 기자들도 둘이나 있었다.

"빅 리거가 된 후에 첫 홈경기죠? 게다가 개막식?"

차혁래도 마이크를 들이댔다.

"네."

"오늘 어떻게 예상하나요? 테헤란이 승을 딸 것 같습니까?"

"당연하죠. 오늘의 테헤란뿐만 아니라 내일의 콜론과 모래 딕키도 이길 겁니다."

"자신만만하군요."

"한국 말에 멍돌이도 자기 집에서는 50% 먹고 들어간다지 않습니까?"

"마지막 날 등판인데 컨디션 관리는 문제없나요?"

"오늘 테헤란이 이기면 제 컨디션은 더 좋아질 겁니다."

"이번에 이기면 3승에 3연승… 팀 내 최다 승리투수가 될 것 같은데 국민과 함께 기대합니다."

"고맙습니다."

인터뷰는 길지 않았다. 오늘 등판하는 투수가 아닌 까닭이었다.

잠시 후에 개막전 이벤트가 실시되었다. 한국처럼 치어리더들이 방방 뜨는 건 아니지만 미국식 이벤트도 재미가 쏠쏠했다. 개막을 앞두고 25인 로스터의 선수들이 하나둘 소개되었다.

"피처 운비 황!"

운비의 이름도 마침내 호명이 되었다. 운비가 빅 유닛의 몸을 끌고 그라운드로 들어섰다.

so sand up, for the champions
for the champions…….

노래가 나왔다. 이제는 운비의 등장 주제곡이 된 노래. 운비는 브레이브스 전사들 옆에 우뚝 서서 손을 들어 보였다.

"와아아!"

스탠드의 팬들이 열렬한 환호로 운비를 반겼다. 그저 서 있기만 해도 부각되는 장쾌한 빅 유닛. 게다가 초반 브레이브스의 광풍을 선도하는 주인공이었다.

"지타노 리베라!"

운비 다음은 리베라였다.

"와아아!"

그 역시 박수갈채를 받으며 등장했다. 스탠드에서는 그의 여동생 인젤라와 어머니가 팔짝거리며 응원을 해왔다. 운비는 스탠드를 둘러보았다. 장엄하게 펼쳐지는 유려한 스탠드, 그리고 새 구장 위로 시원하게 열린 하늘… 거기 가득 찬 팬들은 거의 다 운비의 팬이었다. 브레이브스 도끼날의 원천인 것이다.

'해피……'

혼자 웃었다. 이 많은 홈 팬들의 응원을 등에 업고 등판하는 것. 그보다 행복한 일이 있을까?

그 첫 찬스는 테헤란에게 돌아갔다. 브레이브스의 핵심으로 꼽히는 테헤란. 오늘은 그가 저 마운드의 주인공이었다.

개막전!

기억에 남을 만한 일전이었다. 투수의 면면부터 그랬다.

테헤란 VS 크레이 카친.

양 팀 다 1선발 에이스로 맞불을 놓았다. 브레이브스는 개막전이자 승수를 위해. 파드리스 또한 약체로 분류된 브레이브스와의 4연전에서 기선을 제압해 3승 1패 정도는 하려는 의도였다.

초반, 스니커 감독은 지옥에 들어갔다. 테헤란이 1회에 투런 홈런 일격을 맞은 것이다. 게다가 2회에도 고전이었다. 노아웃에 두 명의 주자를 내보낸 테헤란이었다. 개막전에서 이

거야 한다는 압박이 그의 어깨를 누른 모양이었다. 거기서 테헤란이 기사회생을 했다. 스완슨의 기막힌 더블플레이 덕분이었다. 이어진 실점 위기는 인시아테의 호수비로 막았다.

3회부터 공 끝이 살았다. 어깨가 풀리면서 슬라이더가 먹혔고 패스트 볼도 코너를 찌르기 시작했다. 애를 태우던 홈 팬들 표정도 조금씩 미소가 깃들었다.

4회.

호투하던 카친에게 첫 안타를 뽑아낸 브레이브스. 기어이 한 점을 따라붙으며 예열을 시작했다. 5회에 한 점을 더 내줬지만 7회에 대량 득점의 물꼬가 터졌다. 안타 세 개에 볼 넷 하나, 에러 하나를 묶어 네 점을 쓸어담은 것. 호투하던 카친은 더 버티지 못하고 강판되었다.

8회 불펜의 난조로 두 점을 헌납했지만 솔로 한 방으로 추격 의지에 찬물을 퍼부었다. 이어 브레이브스의 수호신으로 나온 존슨이 매조지를 잘 한 덕에 홈 개막전을 6 대 3 승으로 장식했다. 존슨의 싱커는 이날, 시즌 최고 구속을 기록했다.

"와아아!"

홈 팬들이 펄펄 끓었다. 겨울 내내 잊었던 승리의 도끼질 단체 응원도 첫선을 보였다. 브레이브스에서만 볼 수 있는 그 응원이었다. 그 웅장하고 장엄함이란… 도끼질의 응원 아래라면 최강의 팀들도 두렵지 않을 것 같았다.

3연승이었다.

무려 3연승…….

그 감격은 다음 날 잠시 식었다. 콜론이 부진했다. 콜론은 5회까지 다섯 점을 주고 내려갔다. 이어진 불펜들이 달아오른 파드리스의 방망이를 잠재웠지만 초반 대량 실점이 너무 컸다. 9회 말, 프리먼의 투런 홈런으로 스코어는 6 대 4. 개막전의 빚을 그대로 돌려준 파드리스였다.

하지만 노병은 죽지 않았다. 콜론에 이어 3차전을 책임진 딕키는 달랐다. 위력적이지는 않지만 완급을 조절하는 변화구와 체인지업으로 파드리스 타자들을 농락했다. 6회 말까지 그가 내준 점수는 고작 1점. 볼넷도 두 개뿐이었다.

이날의 불펜은 카브레라가 마무리를 맡았다. 9회 말, 3 대 1의 상황에서 나온 카브레라는 첫 타자를 삼진으로 솎아내며 기세를 올렸다. 나머지 두 타자도 뜬공과 파울플라이로 돌려세우고 말았다. 훨훨 타오른 카브레라의 최고 구속은 무려 162km/h였다.

한 게임을 남기고 2승 1패.

아직까지도 스니커의 시나리오는 유효했다. 내일 운비가 이겨만 준다면 3승 1패. 초반이지만 지구 상위권에 랭크될 절호의 찬스였다.

이 날까지 다른 팀들과의 순위가 나왔다.

내셔널스—8승 3패.

메츠—7승 4패

브레이브스—7승 4패

말린스—5승 6패

필리스—4승 7패

브레이브스는 초반 돌풍과 함께 공동 2위를 달리고 있었다. 하지만 아직 강팀 내셔널스를 만나지 않은 상황. 그렇기에 더욱 파드리스와의 대전에서 승수를 쌓고 가야만 했다.

"운비야!"

아침 잠에서 깼을 때 전화기가 울렸다. 윌리 윤이었다.

"형……."

"잠 방해한 건 아니지? 일어날 시간 된 거 같아서……."

"응? 응……."

"세수 안 했으면 샤워하고 기사 좀 봐라. 내가 스크랩해서 메일로 꽂아놨다."

"기사?"

"네 기사인데… 기분 전환으로 괜찮은 거 같아서……."

"알았어. 지금 올 거야?"

"이미 온 마이웨이 중이시다."

"알았어."

전화를 끊고 노트북을 켰다. 밤사이에도 운비의 SNS는 뜨겁게 달아 있었다. 마침내 세 번째 등판일이 밝아온 것. 윤서가 보낸 행운의 마크도 반짝반짝 빛을 발했고 방규리와 황금석의 격려 메시지도 있었다.

기사는 메이저 칼럼니스트가 쓴 것이었다. 대충 맥락만 보며 읽었다.

<브레이브스의 리빌딩, 마침내 성과를 보는 것인가?>

몇 년 동안 절치부심, 과거의 영광을 찾기 위해 리빌딩에 투자해 온 브레이브스, 초반 돌풍을 일으키며 리빌딩 효과를 수면으로 부상시켰다. 스완슨이나 카브레라를 말하는 것이 아니다. 그렇게 생각한다면 당신은 올해 브레이브스의 도끼를 조심해야 할 것이다.

황운비.

리베라.

당신은 이 두 선수를 아는가? 만약 모르면 일단 두 선수의 시즌 커리어를 확인하고 기사를 읽어주기 바란다. 당신의 흥미를 배로 높여줄 것이다.

입이 근질거리는 것은 황이다. 이 선수는 동양의 코리아에서 날아왔다. 남미나 북중미의 선수와 달리 간간히 초대박이 터지는 아시아다. 이 선수의 나라가 거기에 속한다.

그러나 아시아 선수에 대한 선입견을 금한다. 일단 신장부터 그렇다. 이 선수는 드물게 아시아산 빅 유닛이다. 그의 신장은 당당하게도 2.02미터를 찍었다. 브레이브스에서도 최고 높은 곳에 눈이 위치하고 있다.

흔히 아시아 선수가 장신이면 신체 밸런스가 맞지 않는 경우가 많았다. 그 또한 이 선수는 예외다. 신장과 체중은 이상적인 조합을 이루고 있으며 거기서 나오는 패스트 볼 또한 리그 평균 이상이다. 무엇보다 당신이 솔깃할 일은 거기에 더해 좌완. 그의 스터프에 플러스를 줘야 할 팩트다.

빅 사이즈임에도 불구하고 황은 BB가 낮은 안정적인 제구 핸드링을 가지고 있다. 브레이킹 또한 플러스 등급의 포텐셜이라는 사실. 적은 표본으로 나온 통계지만 빅 유닛들의 딜리버리가 불안한 것을 고려하면 일관된 릴리즈 포인트는 굉장한 장점에 속한다.

최대 구속 158km/h를 찍고 있는 패스트 볼은 리그 상위권과 비교해도 뒤지지 않으며 세컨드 피치로 불리는 커터는 심상치 않은 돌풍을 예고하고 있다. 포심+커터+체인지업을 묶은 패키지의 퀄리티도 플러스급으로 평가된다.

타자들의 문제는 황의 패스트 볼과 커터가 잘 구분되지 않는다는 데 있다. 나아가 그의 스터프는 공 이외의 조건으로 강력하게 작용하고 있다. 디셉션과 딜리버리까지 독특해 타자들

286 RPM3000

의 임팩트 타이밍을 훔쳐가고 있다.

그는 시범 경기부터 정규 리그 2게임 동안 총 20.4이닝 동안 ERA 1.84, K/9 12.7을 기록 중이다. 이 기록을 유지한다면 동부 지구는 물론 내셔널리그의 타자들은 타율 감소를 심각하게 우려해야 할 것으로 보인다.

더욱 흥미로운 건 그가 이제 막 만 20세를 채웠다는 사실. 코리아라는 나라의 특수성 때문에 지는 병역의 의무도 벗었다. 좋은 사이즈에 수준급의 제구력을 감안한다면 어디까지 발전할 지조차 알 수 없는 상황이다.

듬직한 체구를 가진 선수답게 다크호스로서의 자질도 갖추고 있으니 패스트 볼과 커터, 체인지업의 기존 구종에 이어 커브까지 제대로 장착한다면 브레이브스의 에이스로서 장기 집권도 손색이 없을 것으로 판단한다.

아, 커브는 개인적인 생각이었다. 사이즈가 큰 투수에게는 커브가 진리지만 현재의 황에게는 해당되지 않는다. 그는 커터만으로도 충분히 재미를 보고 있기 때문이다. 물론, 언제까지일지 장담은 못하지만…….

<젠마 브라이언 jbn@weeklybaseballs.com>

젠마 브라이언.

그는 전문 기고가였다. 메이저리그 사무국에서도 인정을 받는다. 그런 대기자가 보인 운비에 대한 관심. 확실히 윌리 윤이 들뜰 만한 일이었다.

커브를 언급한 건 뜻밖의 일이 아니었다. 많은 장신 선수들이 커브를 익힌다. 거대한 높이에서 꽂아대는 커브. 제대로 들어가면 악몽이 아닐 수 없었다.

3차전 등판준비도 루틴에 따랐다. 다음 주, 한국으로 돌아가는 윤서가 옆에 있는 게 다를 뿐이었다. 식사를 챙겨준 그녀는 구장까지 동행을 했다. 운전은 윌리 윤이 맡았다.

그런데…….

구장 주차장에 도착하자 뜻밖의 일이 벌어졌다. 거기 인시아테가 서 있는 게 아닌가? 게다가 그는 정장의 드레스 코드였다.

"형, 오늘 드레스 코드 있는 날이야?"

운비가 윌리 윤에게 물었다.

"아니."

"그런데 왜 인시아테가?"

"오늘 선보나 보지."

윌리 윤이 쿡 하고 웃었다. 그는 나이가 있으니 야구에만 미쳐 사는 스무 살 운비와는 좀 달랐다. 사생활을 즐길 줄 아는 것이다.

"그런데 왜 우리 차로……."

운비가 뜨악한 표정을 짓는 사이, 인시아테가 뒷문을 열었다. 윤서가 탄 그 자리였다. 인시아테는 너무 정중한 태도로 윤서의 하차를 도왔다.

"일찍 왔네요?"

운비가 인사를 했다.

"어, 그게……."

"우리 누나한테 볼일 있어요?"

"어? 그게……."

"뭐예요? 그 표정하고는……."

"아… 내가 그동안 황에게 너무 무심한 거 같아서… 패밀리 안내 좀 해드리려고……."

"안내요? 우리 누나는 영어 잘해서 별 애로 없는데……."

"그래도 그게 아니지. 괜찮겠습니까?"

인시아테가 윤서에게 허리를 숙여보였다. 그제야 감을 잡은 운비, 쿡 터지는 미소를 참으며 고개를 돌렸다.

"누나, 따라가 봐. 혼자 가는 거보다야 낫잖아?"

"얘… 나는……."

"빨리 가라니까. 난 몸 풀어야 돼."

운비가 윤서 등을 밀었다.

"땡큐, 클럽하우스에서 보자고!"

인시아테는 인사를 남기고 윤서 안내를 자처했다.

"저 친구 너네 누나한테 꽂혔나 본데?"

"진짜?"

"아니면 왜 저렇게 오버하겠냐? 다른 여자 팬들은 거들떠 보지도 않던데……."

"걱정되면 형이 따라가 봐. 난 몸 풀러 간다."

운비는 능청스레 돌아섰다.

인시아테…….

멋진 선수다.

팀 내의 위상도 괜찮다. 하지만 여자는 아직이라고? 그렇 다면 인시아테는 조심해야 한다. 윤서는 그렇게 물렁한 여 자가 아니기 때문이었다.

휘파람을 불며 클럽하우스에 들어선 운비, 천천히 유니폼으 로 갈아입었다. 마침내 세 번째 등판의 순간이 코앞이었다.

『RPM 3000』 5권에 계속…

초대형 24시 만화방

신간 100%, 샤워실, 흡연실, 수면실(침대석), 커플석, 세탁기 완비

■ 시흥 정왕25시점 ■

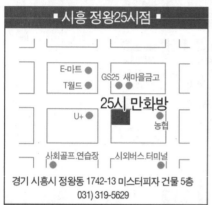

경기 시흥시 정왕동 1742-13 미스터피자 건물 5층
031) 319-5629

■ 강북 노원역점 ■

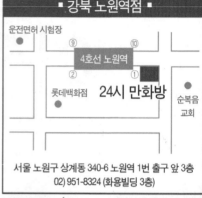

서울 노원구 상계동 340-6 노원역 1번 출구 앞 3층
02) 951-8324 (화용빌딩 3층)

■ 일산 정발산역점 ■

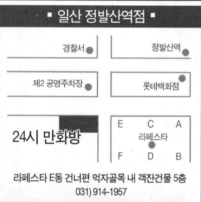

라페스타 E동 건너편 먹자골목 내 객잔건물 5층
031) 914-1957

■ 일산 화정역점 ■

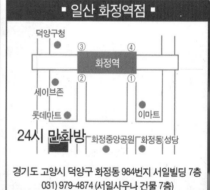

경기도 고양시 덕양구 화정동 984번지 서일빌딩 7층
031) 979-4874 (서일사우나 건물 7층)

■ 부천 역곡역점 ■

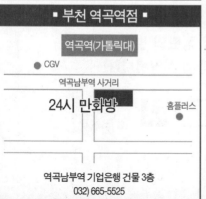

역곡남부역 기업은행 건물 3층
032) 665-5525

■ 부평역점 ■

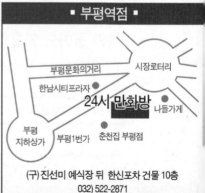

(구) 진선미 예식장 뒤 한신포차 건물 10층
032) 522-2871

이계진입
리로디드

임경배 퓨전 판타지 소설

FUSION FANTASTIC STORY

Book Publishing CHUNGEORAM

유행이 아닌 자유추구 -
WWW.chungeoram.com

2016년의 대미를 장식할 최고의 스포츠 소설!!

Career record : 984W 26L
Career titles : 95
Highest ranking : No.1(387weeks)
Grand Slam Singles results : 23W
Paralympic medal record : Singles Gold(2012, 2016)

약 십 년여를 세계 최고로 군림한 천재 테니스 선수.
경기 내내 그의 몸을 지탱하고 있는 것은…… 휠체어였다.

『그랜드슬램』

휠체어 테니스계의 신, 이영석(32).
그는 정상의 자리에서도 끝없는 갈망에 사로잡혀 있었다.

"걷고 싶다, 뛰고 싶다. …날고 싶다!!"

뛸 수 없던 천재 테니스 선수
그에게, 날개가 달렸다!!!

Book Publishing CHUNGEORAM

유행이 아닌 자유추구 -
WWW.chungeoram.com

게임볼

설경구 장편 소설

FUSION FANTASTIC STORY

무명의 야구인이었던 남자,
우진이 펼치는 야구 감독으로서의 화려한 일대기!

『게임볼』

"이 멤버로 우승을 시키라고?"

가상 야구 게임,
게임볼을 통해 인생 역전을 꿈꾸는

한 남자의 뜨거운 행보에 주목하라!

Book Publishing CHUNGEORAM

유행이 아닌 자유추구 -
WWW.chungeoram.com